随笔集

村上朝日堂的卷土重来

村上春树
安西水丸　著

林少华 译

上海译文出版社

目 录

译者短语 ················ 林少华 001

自由职业的问题点 ···················· 001

关于交通罢工 ······················ 006

关于关西话 ······················· 011

关于电影院 ······················· 016

藏青色西装 ······················· 021

流言！ ·························· 026

为何中意理发铺 ····················· 031

柏林的小津安二郎与驱蚊香 ··············· 036

教训 ··························· 041

音乐爱好 ························· 046

关于汽车 ················· 050

猫之死 ················· 054

Yakult Swallows ················· 059

关于健康 ················· 064

小说家的知名度 ················· 068

穿校服的铅笔 ················· 073

"火奴鲁鲁电影院" ················· 078

何谓中年（一）　关于脱发 ················· 083

何谓中年（二）　关于肥胖 ················· 087

关于学习 ················· 091

家电之灾 ················· 095

关于错误 ················· 099

"夏天的结束" ················· 104

无用物的堆积 ················· 109

关于采访 ················· 113

人们为什么不读书了 ················· 118

关于酒（一） ················· 122

关于酒（二） ················· 127

政治季节 ················· 132

目眩 ……………………… 137

排字工悲话 ……………… 141

飞机上面好读书 ………… 145

模范主夫 ………………… 150

山口下田丸君 …………… 155

重访巴比伦 ……………… 160

十三日"佛灭" …………… 164

关于日记之类 …………… 169

戒烟一二三 ……………… 175

批评的把玩方式 ………… 180

再谈山口下田丸及安西水丸 ……… 184

颇为离奇的一天 ………… 189

杂志的快乐读法 ………… 193

朗姆咖啡和御田杂烩 …… 198

阪神间小子 ……………… 203

国分寺、下高井户关联之谜 ……… 208

废品时代 ………………… 213

春树同盟 ………………… 217

长跑选手的啤酒 ………… 222

译者短语

虽说村上小说里的主人公永远那么年轻——近来在《海边的卡夫卡》里索性年轻到了十五岁——村上君在读者心目中似乎也永远年轻，但切切实实出现在我眼前的村上君毕竟有些老了。不少读者想必看过今年一月我同村上君那张合影。从合影上看，村上君真是年轻得可以马上跑二百公里，略带笑意的天真的眼睛炯炯有神，嘴角微微向后侧收勒，几根头发蛮俏皮地蹿出前额，加上挽起袖口的花格衫和灰白色牛仔裤，十足一副小男孩模样，说是"田村卡夫卡君"都会有人相信。相比之下，年龄比他小的我倒显得老气横秋，看得我心里大不服气。也难怪我不服气，因为实际见面的感觉是比照片上的老（绝非出于嫉妒什么的），而显老的首当其冲要素是他的头发不知何时竟有些稀薄了。白倒是没白，但无疑比想象的稀薄不少，而男人一旦头发稀薄，就算再红光满面神采奕奕也给人以破败感和磨损感，透出大势已去的悲凉。

后来翻译这本随笔集时，发现村上君三十刚过就稀薄过一回。他坦言当时工作上焦头烂额，致使头发接二连三不翼而飞，洗头时都能把排水口堵住，不久照镜子时竟无情地照出了头皮。对此他这样描述周围人的反应："别人这东西是很残酷的。本人越是闷闷不乐，他们越是唠唠不休，什么'不怕的，近来有高档假发'啦，什么'春树君光秃也有光秃的可爱之处'啦，如此不一而足。若是耳朵整个少了一只，大家自会同情，不至于当面奚落。然而脱发这玩意儿毕竟不伴随具体的痛感，几乎没有人真正启动恻隐之心。年轻女孩子因为本身不怀有可能变秃的恐惧，所以说起来尤其肆无忌惮：'哟，真的稀薄了！喂，让我看一下，都见头皮了。哎呀，呜哇！'实在叫人火冒头顶。"后来工作柳暗花明，头发也开始大量繁殖，过了两三个月彻底恢复如初。至于我亲眼见到的这次是什么时候、因为什么变稀的，我就不知晓了。虽说当面问个究竟再妙不过，可我没问——担心村上君

"火冒头顶"拒绝接受采访。

一般人以为村上君像书中的主人公一样乐天知命安常处顺，概无不良嗜好。其实不然。村上君在早稻田大学念了七年（并非为了拿双学位或连读硕士），旷课、打麻将、"勾引"女孩子、酗酒、吸烟……他坦率交待大学七年唯一的收获就是捞到了现在的太太（没毕业就忙不迭结了婚）。尤其烟吸得厉害，"一天吸五六十支，是个相当够级别的烟鬼"。但后来除了写长篇，平时一支也不吸了，戛然而止。他还洋洋自得地道出了戒烟Know how（秘诀），也罢，录在下面供吸烟朋友参考：

① 戒烟开始后三个星期不做事。

② 朝别人发脾气，口吐脏话，牢骚不断。

③ 放开肚皮吃香喝辣。

总之这本随笔颇值得一读。从中既可窥见活生生的村上君，又可得到某些启示。语言也很有特点。相对说来，他小说中的语言是冷色的、内敛的、安静的、有距离感的，而在随笔中则亲切生动、娓娓道来、谈笑风生，读起来我们不会再产生那种无可名状的寂寞和怅惘。

本书从一九八五年春开始在《周刊朝日》连载一年，为"村上朝日堂"系列的第二本（故名之为"卷土重来"）。时值《世界尽头和冷酷仙境》出版不久，正是村上君一路攻城略地的时候。

林少华

2003 年初夏

于东京

自由职业的问题点

说起自由职业，在大城市里总好像是一种蛮时髦的职业，财大气粗的男人就是大白天东游西逛也很少遭遇诧异的眼神，可对于像我这样的都市边缘人——或者不如说是因付不起城里的高价房租而在郊外中小城市之间辗转流离的人来说，自由职业则是相当操心费神的活计。

首先，"自由职业"这东西的概念很难让人理解。尤其伤脑筋的是发奖金时节①的银行，再没有比这个更让人心烦的了。坐在椅子上等待办手续的时间里，肯定有银行职员过来问"奖金存哪里？定了没有啊？"那东西我不可能定，便说"没定"。"那么姑且在这里开了定期账户如何？""啊，我没奖金的。"我这么一说，对方必定以匪夷所思的空漠的眼神看我，若让我打个比方，就好像在注视路边一座风雨飘摇的报废房屋。

这么着，有的道一句"打扰了"转身撤走，这倒还没什么，可是有一半还不肯动身。我去银行大多是早上九点或十点人少的时间，对方也闲着无事。

"呃——，恕我冒昧，您从事什么职业呢?"一般是这样发问。

"自由职业。"我回答。

---

① 日本一般年中年底分两次发相当于六个月工资的奖金。——译者注，下同。

银行的人还是一副费解的样子，甚至有人问是不是木匠。

不用说，身穿散步短裤脚登橡胶拖鞋戴一副太阳镜来银行我也觉得欠妥，但也不必走火入魔地把自由职业和木匠等同起来嘛！说到底，木匠属于自由职业么？

于是我只好说："唔，是文笔业。"

"啊，是么，原来您是做土地分笔①的。"有人如此来了一句。

这也莫名其妙。作为银行职员的联想固然顺理成章，问题是世间哪里存在什么"分笔业"么？我查了查职业种类电话簿，根本没这玩意儿。没有"分泌业"，也没有"闻柜业"②。要发这个音，非"文笔业"莫属。解释起来麻烦，遂改口说"著述业"。这一来大部分人恍然大悟。"嗬，若是拿了直木奖③什么的，务请整个儿存到我们银行来，哈哈哈。"有人如此说罢离开。这种人到底长的怎样一副神经呢？

---

① 日语中"分笔"与"文笔"发音相同。"土地分笔"意为分划土地。
② 二者发音均与"文笔业"相同。
③ 日本大众文学的主要奖项。与纯文学的主要奖项芥川奖同时颁发。

或许意在亲切鼓励我，可我心想，就是有钱也不存在这里！

不过这还算是好的。糟糕的是有时候即使说"著述业"也不能取得理解。"噢，是著述业啊。"听得我以为对方明白了，不料对方随即说道："那么毕业发奖金的时候请一定存入敝银行。"听到这里，不由心头火起：面对三十六岁的男人，竟胡说什么毕业不毕业！不过转念一想，银行怕有银行特有的价值观和看待世界的方式，我是弄不明白的。不管怎样，我决定尽可能不挨近银行。好事一次也没遇上。

不过，同一家银行去上两三年，人家自然认得我了，即使到了奖金时节也不再有人来我身旁（来也没用）。都说石头三年也能坐暖，总之年深日久大有好处。据说我跑了三年（截至去年）的协和银行北习志野分行有个人看完我的小说写了读后感，在行内比赛中获了奖。说起来都是银行，但里面的人并不一样。问题在于我是搬家爱好者，每搬一次，当地银行就势必问我的职业，问得我疲惫不堪。

老实说，郊外住宅仿佛是工薪阶层的巢穴，早上九点一过，除了邮局送信的和蔬菜店的老伯根本见不到成年男人，留下的全是太太和小孩。在这样的地方踱着四方步走进游乐中心或端锅买豆腐，周围人不可能报以青眼。而去超市购物，在收款台前被提着满满一筐减价月经用品的太太们前后挟在中间，十有八九被人瞪视：讨厌，大白天这种地方竟有男人！自由职业这东西委实烦恼多多，倘若有人无论如何都要干自由职业，恐怕还是住在东京港区①一带保险。

---

① 东京的高级地段。

关于交通罢工

写这东西，乘电气列车上班的人看了可能感到不快。不过明确说来，我可是喜欢"交通罢工"的。

话虽这么说，但并不意味着我支援了公交系统的员工或喜欢社会混乱什么的，不是那么回事（虽然多少有点喜欢社会混乱），我只不过欢喜事情"与平时有所不同"。每当目睹车站静悄悄关闭或站在山手线①高架桥上俯视铁道上三十分钟也无一列电车通过，我就兴奋得怦怦心跳。

何以怦怦心跳，分析起来原因大概在于：较之平时什么也没有的地方有什么发生，我更中意平时有什么的地方变得什么也没有这种负面的、糟糕的状况。因此，交通罢工同我的兴趣正相吻合。假如存在反铁路罢工运动，致使那天列车班次增加两倍，我想我大概不至于为此种非日常性而感到欢欣鼓舞。

以前做生意的时候②，一有交通罢工，客人就几乎不上门了，营业很受影响。尽管如此，我个人当时还是顶顶喜欢罢工的。没钱进来诚然不是滋味，但那是罢工所致，自是奈何不得——这么着，那天早早关门，在空空荡荡的东京街头尽情游逛。从原宿走到涩谷，从代代木走到新宿，整条街都荡漾着一种"今天休息"的轻松气氛。安静，人少，惬意非凡，未尝没有"放学后"之感。行走速度也比平日放慢几拍，视线忽然落在平素不大注意的地方：噢，榉树冒出不少新芽了嘛！及至偏午时分，谈判达成妥协，电车重新运转，则令人大失所望。

报纸时常刊登一些人的发言："罢工烦死人了，可得想个办法了。"（公司职员 A，38 岁）"罢工这天做不成买卖，只好喝西北风。"（"热气腾腾"盒饭店老板，45 岁）莫非人

---

① 东京市中心的电气列车线。
② 指作者大学毕业开酒吧的时候。

世间全是由这等人组成的？当然啰，因罢工而吃亏的人某种程度上是有的，但大部分人估计都想得开：罢工？偶尔来一次也不坏的嘛！即使像我这样声称"顶顶喜欢罢工"的人也应该不在少数，可是报纸不怎么刊登这方面的想法，什么缘故呢？

歪在路基上怡然自得地晒太阳

村上君，躺在那里要成番茄酱的哟（水丸）

或许是因为报纸若出现"喜欢罢工啊，持续下去就好了"这样的意见，版面就不好收拾了。呃，想必不好收拾。再说跟踪下去，很可能不得不进一步刊登什么"台风相当好玩儿"、"暗杀政要挺有趣"之类。不过工人罢工权这玩意儿大体是受法律保护的（国有铁路问题姑且按下不表），纵然有人强调"喜欢罢工"也决不违反社会公德，这和支持台风和声援暗杀政要情况不同。

以前曾在国铁中央线旁边住过，而且不是一般所说的"旁边"，而是即使说电车就从房后开过也不过分的"旁边"。当然吵得要命，可房租因此十分便宜。既然房租便宜，那么就算吵也要住——便是这样的人住的房子。

所以我们（即我和老婆两个）确实为每年的交通罢工而欢天喜地。罢工开始时，列车不再从轨道上飞奔而过了，我们便歪倒在路基上怡然自得地晒太阳。路基上长着种类繁多的野草，开着五颜六色的野花。头上有云雀歌唱，四周如诺亚洪水过后一般无声无息。甚至觉得就这样返回新石器时代也不坏。

预定罢工的前一天夜晚在街上闲逛，突然遇上一个熟识的女孩。我问："喂，这么晚干什么呢？"她说："明天罢工，公司给订了宾馆。"于是我提议："那么去哪里喝一杯好了！"这情形也相当快活。其中，利用这个机会沉醉于 office love① 的男女想必也有，但报纸当然不会刊登这伙人对罢工的个人意见。

---

① 日式英语。公司内恋爱，尤指年轻女职员同已婚上司之间的不正常关系。

关于关西话

　　我生在关西[①]长在关西，父亲是京都一和尚之子[②]，母亲是船场[③]商家之女，可以说是百分之百的关西种，生活中理所当然讲关西话。所受教育相当有地方主义色彩：视关西以外的语言为异端，讲标准语[④]的人没有正经东西。棒球投手则村山，食则清淡，大学则京大[⑤]，鳗鱼则"真蒸"[⑥]，余皆等而下之。

　　但不知何故大学考进了早稻田（几乎不晓得早稻田大学是怎样一所大学，若知道脏成那个德性就不报考了），来到了不大情愿来的东京。来东京最吃惊的是我讲的话只一星期就几乎完完全全变成了标准语即东京话。我从未讲过东京话，也没有努力改变的意识，不料注意到时已彻底变样——不知不觉之间就满口东京腔了。

一起来东京的关西同学责备我说："你这家伙，好好讲关西话行不行？别讲那种混账话！"但问题是已经变了，再责备也没用。

　　我认为语言这东西同空气一个样。一个地方有一个地方的空气，空气中有一个地方的语言，到了那里是很难违抗的。首先语调变了，接着语汇变了。顺序若倒过来，语言掌握起来就极不容易。因为语汇是理性的，而语调是感性的东西。

　　所以，回到关西我还是变回关西腔。在新干线神户站下车那一瞬间就回到了关西腔。这样一来，反过来就讲不出标准语了。同学怕是要说"你这家伙的关西腔有点儿怪味"了，但毕竟刚下车，也是没办法的。不出一星期我想就会变成纯正的关西口音了。

　　我老婆一连三四代都住在山手线内侧⑦（据说），但即

----

① 日本京阪神（京都、大阪、神户）地区。
② 日本的和尚可以娶妻生子。
③ 地名。大阪市的豪华区。
④ 相当于我国的"普通话"。
⑤ 京都大学。
⑥ 将烤好的鳗鱼片裹在饭里的一种吃法。
⑦ 住在山手线内侧的人自认为是真正的东京人，具有优越感。

使是她，在关西住了一段时间，也很快染上了关西味儿。别人我不敢说，可老婆就在眼前，这让我吃惊不小。一起去看了市川昆①的《细雪》② 之后，好些时候语调都变不回来，相当头痛。

看以关西为舞台的电影，发现演员学关西话有学得好的有学得差的，听起来饶有兴味。学得好的人像吸入空气一样语音语调轻松自如，差的人则过于依赖语汇。或许是天性所使然。以最近的例子说，《细雪》讲得勉强及格，《道顿堀川》则一塌糊涂。过去有一部极好的关西电影叫《夫妇善哉》。不过这样的差别，只有土生土长的当地人才听得出来。栃木人看《远雷》说不是栃木方言，我却浑然不觉。

学外语跟这个也大同小异。在日本再练口语，实际去了外国也会明白语言这东西是建立在与此相当不同的层面上的。我也搞点翻译，看英语没什么大问题，但说不出来，去年第一次去美国前几乎一句英语也没说过。学校的 ESS③ 和

---

① 日本电影导演（1915—　）。
② 日本现代作家谷崎润一郎以关西为背景的长篇小说。这里指根据小说改编的电影。
③ English Speaking Society 之略，英语会话协会。

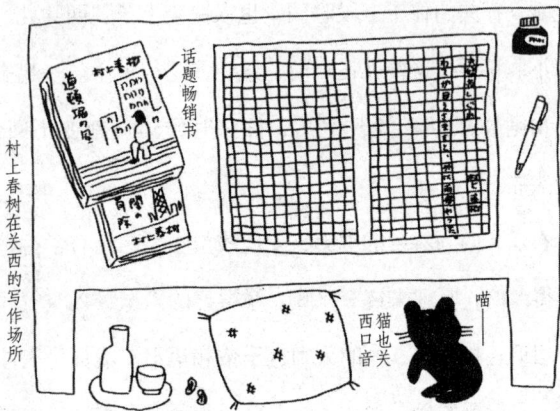

村上春树在关西的写作场所

话题畅销书

西猫口也关

喵

英语口语培训班之类，学员全部用英语讨论，光看看都不寒而栗——当然属于偏见，抱歉——无论如何也没心情练英语口语。

不过，我想去一星期就会习惯的。去了一看，果然那里有类似空气的东西，住了一个半月并未觉得为难，还采访了不少作家。我想这里还是有个适应问题，所以返回日本后英语又讲不出来了。

话题再拉回关西话。我总觉得在关西很难写出小说，因为待在关西横竖都要用关西话思考事物。关西话自有关西话独特的思维体系，一旦嵌入那种体系，文章的品位和节奏以及构思总要发生变化，进而使得自己小说的标题都会为之一变。倘若我一直住在关西写小说，我觉得味道应该跟现在有很大不同。你也许会说那样岂不更好，但作为我并不感到宽慰。

关于电影院

　　长篇小说终于告一段落，清样也校完了，往下只等出版——这个时候是我最开心最平稳的时期。想写的大体写了，暂且又没有要干的事——其实不少时候也并非是为生计才写这些稿子——于是每日和猫一起在檐廊里懒洋洋地晒太阳。我这人的性格，在已然写出的东西变成铅字问世之前是无论如何也无法着手下一部小说的写作的，所以势必这么赋闲好几个月。

　　在这种类似空白的快乐时期，我基本上是集中看电影。近来录像带多了，我也时不时租来看，但在如此休闲的日子里，我还是乘电车去电影院，在黑暗中盯视银幕，看完在露天啤酒屋喝上一杯回来。只要在电影院里看，老婆就不至于捅捅我说"喂喂喂，戴安·基顿穿的那条裙子你不认为很美?"或者说"喂，倒回一点儿，那个落地灯好像蛮贵的"。其实落地灯那玩艺儿贵不贵都是无所谓的。

这么着，这个春天也着实看了很多电影。看了《沙丘行星》，看了《2010 年》，看了《终结者》（Terminator）和《女鼓手》（Little Drummer Girl），看了《魔域仙踪》（Neverending Story），看了两遍《莫扎特》（Amadeus），看了《不堕情网》和《收全红》（Shoot the Moon），看了《龙威小子》（Best Kid）。在二号馆连续看了以前忙得没顾上看的《替身杀手》（Body Doulble）和《年轻勇士》（这是《Esquire》选定的 1984 年度最差电影）。还看了久违的日活①电影……碰上哪个看哪个。如此接二连三去电影院，到底上来了"看电影"那切切实实的感觉。

电影这东西，我们只管重重地坐在椅子上清空脑袋而任凭影片在对面持续推进即可，委实惬意得很。若是戏剧或音乐会，势必相应花些心思，考虑说拉弹唱的配合，考虑是不是哪里出错了，考虑鼓掌鼓到这个程度是否合适，以致无法

---

① 日本日活电影制片厂。

把脑袋清空。所以，紧张阶段过去时，最好观看好莱坞天真烂漫的电影，若受到启发反而心生不悦。这次看的一系列电影哪一部都算得上有趣而又幸好没让我遭受启发，所以我得以度过了一段欢乐时光。

杜鲁门·卡波蒂在一篇小说中把电影比作宗教仪式。如此说来，我也未尝没有那样的感觉。一个人在黑暗中孤零零地同银幕对峙，总好像自己的灵魂被搁置到了临时性场所。而在接二连三跑电影院的时间里，竟开始觉得那种感觉对于自己的人生恐怕是必不可少的重要因素。这就是所谓"电影中毒"。

我也曾有过那么一段时期。当时天天去电影院。正值闹学潮期间，几乎没课可上，于是绕着宿舍、打工地点、电影院这个三角形团团转。当然，并没有数量上足够每天看的电影，结果同一部电影反复看了好几遍，或者把糟得无可救药的 B 级片 C 级片敲骨吸髓一般看个没完。如此一来二去，开始梦见米高梅的狮子大吼大叫、东映①的惊涛拍岸、二十世纪福克斯的灯光发疯似的旋转不止。到了这个地步，已彻底成了病症。

不过现在想来也真是不可思议：较之所谓"名作"，倒是因为无电影可看而不得不反复看的和显然内容空洞的作品深深留在了记忆中。内容空洞的 B 级 C 级作品不同于所谓"名作"，需要自己设法寻找优点，否则纯属消耗时间，于是，那种紧张感便直接在心底打下烙印而经久不忘。说起来同是电影，看法却各所不一。

---

① 日本东宝电影制片厂。开始放映时有波涛图像出现。

这回看的电影中能让我品尝到 B 级 C 级作品的醍醐妙味的，不管怎么说都是约翰·米利亚斯的《年轻勇士》。人们都说这部电影好战、荒唐无稽。所言固然有其道理，但细细看来也有其相当有趣之处。我觉得最有趣的是美国被苏联古巴联军占领、美国少年开展游击战反击的喜剧性场面。想来这完全是把越战中的美国人的处境和位置颠倒过来了。当然，喜剧性场面本身是有些牵强附会，因此作为作品是自我分裂的。不过换个看法，恐怕正是由于自我分裂，它才得以作为不屈不挠的反战影片而成立——未尝不可以这么认为。

我比较喜欢"未尝不可以这么认为"那类电影。

附言：后来买了《年轻勇士》影碟重看了一次，还是觉得不坏。较之如今《洛奇 4》（Rocky 4）和《兰博 5》（Rambo 5）等赤裸裸的反共作品，有的部分甚至很有格调。米利亚斯怕是拍得有点儿太早了。

藏青色西装

有生以来第一次穿西装是十八岁那年。现在仍清楚记得是 VAN·JACKET 灰色人字呢西装。衬衫是白色扣领式，领带是黑色针织品。乃 IVY① 全盛时代的劳什子。

我特别喜欢人字呢（杉树纹）这种花纹，心里常想做第一套西装非此莫属。不过真做出来一看，原来人字呢西装不太适合十八岁少年。人字呢要穿起来得体，还得到一定年龄才行。

第二套西装是结婚时做的色调沉稳的橄榄绿英国式三件头，这个——自己说是不大好——穿起来相当协调。看当时照的相片，头发长长的，身体比现在瘦得多，脸上可以窥出某种类似毅然决然的东西。二十三岁时候的事。

由于我没有去哪里上班，做第三套西装是很久很久以后的事了。二十九岁那年的应征作品②偶然得了（可以这么说吧?）文学杂志《群像》的新人奖，为出席颁奖仪式特意买了夏令西装。但那时对西装的憧憬和执著已然消失，决定买一套尽可能便宜的，大致过得去就行。而且当时我也相当刚愎自用，心想岂能为出席一家文学刊物的颁奖仪式而买什么贵得离谱的西装! 现在想来始知有些不知天高地厚。当然喽，现在也够不知天高地厚的，但已比不过年轻人了。

那么买什么样子的西装好呢? 权作散步在青山大街游游逛逛的时间里，发现过去的 VAN 大楼里正在处理公司破产商品。嗬，VAN 也关门大吉了? 如此想着走了进去。一看，正在卖传统式样的三扣棉质西装。橄榄绿色，价格一万四千元。太便宜了! 于是买了回来，投进洗衣机洗得皱皱巴巴的，穿上旧网球鞋出席了颁奖仪式。

现在我的衣柜——如果能算衣柜的话——只有一套西装，在 PAUL STEUART 买的黑西装。这纯粹是婚丧嫁娶

---

① 应为 Ivy League Style 之略，适合年轻男子穿着的西装样式，无垫肩，不收腰，三扣。起源于美国常春藤联合会。
② 指作者的处女作《且听风吟》。

时用的，只穿过一次。估计往后不会再买西装了。能够不穿那种麻烦东西着实再好不过。价格贵，不便于运动，一动马上变形，洗衣费都不是小数。偶尔心血来潮也穿西装上街，但走不到两小时就烦了，深悔不该穿这东西出来。那是绝对不自然的衣服。

需要打领带的时候我全部用休闲西装应付一下。我喜欢布鲁克斯兄弟休闲西装，左一件右一件买了六件，而打领带两个月才一回，所以未免买过头了。不过说起来我过的是几乎不花服装费的生活，这点儿浪费应该是情有可原的。只是，身穿双排扣休闲西装往宾馆大厅里呆愣愣一站，有时会被错当成大堂副理。在大阪的皇家宾馆就被人这么打过三次招呼，到底没了情绪。"喂，那个房间可准备好了？"鬼晓得说的什么！

倒是跟西装无关，我时常在各种场合被错当成各类人物。一次在池袋东武百货商店买东西，被看成打短工的店员，给一个神气活现的老伯训斥道："喂，你怎么没有佩戴名牌？"毕竟过于意外，我也愕然"啊"了一声，对方转眼去了哪里。对东武百货商店倒没什么气恼，至今想来都觉得是一次奇特的体验。

闲话休题，还说西装。

我自己虽然不穿西装，但看到穿着十分得体之人，感觉也还是十分愉快的。想必那上面同样要花年头，要有哲学。两样我都没有，自然穿不来西装。

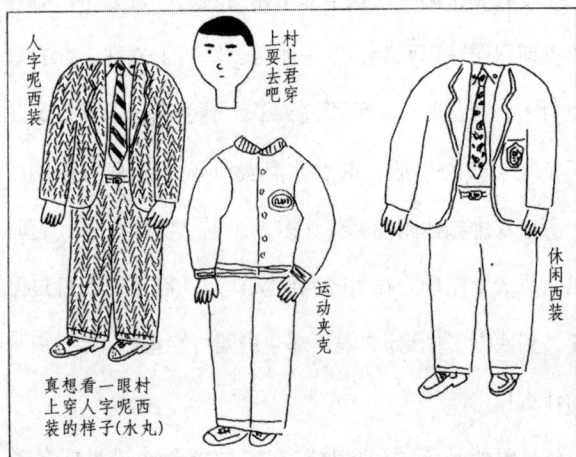

人字呢西装

村上君穿上要去吧

运动夹克

休闲西装

真想看一眼村上穿人字呢西装的样子(水丸)

美国化妆品界的王者、已故的查尔斯·雷布逊一生只穿藏青色西装。据说他让一家名叫彼尔·费奥拉巴蒂的成衣店做了大约二百套藏青色西装，依序穿下去。事情到了这个地步，已经超越了哲学领域。若让《Esquire》杂志说来则是：

藏青色这一颜色能够突出某种权威和力量，赋予穿它的人以"此刻正在劳作"的印象。到底是构筑一代 Revlon[1] 帝国之人，对色彩的感觉果然敏锐。

看罢这个故事，上街特意留心四周，发现能把藏青色西装穿得潇洒有致的人实在寥寥无几。想必是因为藏青色西装不易穿得优雅得体。

---

[1] 美国化妆品商标名，1932 年由布雷逊创建。

流　言！

　　流言这东西说起来极其有趣。我的交际范围不广——说干脆点是很窄——因此流言不多。尽管这样，还是时不时有自己浑然不知的关于我的流言传进耳朵。所幸时下太糟糕的流言没有了，无非"村上好像买了宝马"（买得起么！）或"村上好像每天吃三片厚墩墩的油豆腐"（只吃一片）之类。

　　我因闹不明白，遂问："我干嘛非每天吃三大片油豆腐？"对方说："一家杂志采访时你不是那么回答的么？"细想之下，记忆中的确有那么回事。接受了几次采访，提问大同小异，让我觉得无聊，回答时难免信口开河——"喜欢吃什么？喜欢厚墩墩的油豆腐，一天吃三片，"如此而已。宝马恐怕也是在哪里开玩笑说的，但全然记不起来了。不由觉得再这么玩世不恭下去，马上就要触霉头。反正我的访谈基本相信不得，姑妄读之好了，因为有时自己回头读来都哑然失笑。还不是，问年收入多少，有谁能正经回答呢！

这且不说，另外天真无邪的流言倒是蛮开心的东西。文坛也有五花八门的流言，偶尔和编辑见面时就会听到一两则："跟你说，村上君，这话可是哪说哪了……"听得我也像参加了社会活动似的。不过这当然类似冰山一角的一小角，至于新宿黄金街衢上耸立着怎样的冰柱，那就不是我所能知晓的了。

平克布克斯有一本书叫《流言!》（RUMOR!）。书很有意思，对美国种种流言蜚语的真伪分析得头头是道，读之不禁出衷感叹：世间竟有这么多流言！

例如，"约翰·迪林查①的阳具非常非常大，保存在史密索尼安博物馆里"这条流言属子虚乌有，而"爱因斯坦的大脑由威奇托的医生装在瓶里保管"则实有其事。爱因斯坦留下遗嘱说死后将自己的大脑用于科学研究，但辗转流离之间

---

① 美国多次抢劫银行和杀人害命的暴徒（1903—1934）。有杀人魔王之称，1934 年被击毙。

到了威奇托，被医生装进瓶子扔进了汽水箱。

太陈旧了

流言不可相信

山本琳达

有这样的歌？

村上君这人是不看电视的。这幅画是我(水丸)想像出来的。总是画他无所事事的情形，抱歉抱歉。

有流言说"把一九四三年铸造的一美分铜币拿给福特公司即可换回一辆新车"，这个是造谣。不过一九四三年的一美分铜币已成稀世珍品，听说实际上成交价也不低于一辆新车，因此不能说纯属造谣。

美国版《花花公子》封面刊名的 P 字带几颗小星（有一九七八年以前版本的《花花公子》的人请确认一下），很多人相信星数表示的是总编休·亨弗纳与性伴当月性交的次数。然而遗憾的是此乃无中生有。原来，《花花公子》

因地区、用途的不同而更动发行版次，星数是其标记。

文学方面，盛传"托马斯·品钦①是 J·D·赛林格②的笔名"。这的的确确是谎言，百分之百造谣。赛林格一直闭门不出，品钦既不发表照片又不在人前亮相，以致有如此说法传出。其实现在这么说话的我也是有两三个秘密笔名的。

"杰瑞·路易斯③在法国受到和卓别林同样高的评价"——这个流言是真的。原因不得而知，作者写道，怕是因为法国人喝葡萄酒喝昏了头。

另外，从森永事件④也可看出，与食品有关的公司容易成为无稽之谈的牺牲品。例如有流言说麦当劳汉堡包里加进了什么东西——此说一出，人们便举出猫肉、袋鼠肉、蛛蜘卵、蛴螬……举不胜举。正因为这样，麦当劳公司在广告中总是强调"100% 牛肉"。

CHESTERFIELD 烟草公司一度被"工厂发现麻风病人"

---

① 美国小说家（1937— ）。著有《Y.》等。
② 美国小说家（1919— ）。著有《麦田守望者》等。
③ 美国电影演员、喜剧泰斗（1926— ）。
④ 1984 年至 1985 年发生在日本的所谓"投毒事件"。有不知名的犯罪嫌疑人向森永公司等多家日本大型食品公司投书，声称在其产品中放入氰化物。此事公开后引起社会恐慌，森永公司等收益大幅度减少。

这条流言搞得焦头烂额。公司雇了几个侦探，悬赏一千美金让他们从接近流言源头的二十五人中揪出一人。然而侦探们谁也没能拿到一千美金，虽然顺藤摸瓜般地沿着传播途径追寻，但没能追到源头。

有口无心的流言委实可怕得很。

附言：日前有位女编辑对我说："你村上君可真够坏的了，讨厌！"追查这流言来源，果然是安西水丸①。头痛啊，这玩意儿。

---

① 日本画家（1942—　）。常为村上春树的作品画插图。

为何中意理发铺

时下多数年轻男子好像都到男女通用美容室去剪发了，可是我总的说来还是更中意老式理发铺。发型不搞什么花样这个原因当然是有的，但最主要的原因在于我不愿意在女人旁边剪头洗发，那让我心神不定。而且也不情愿目睹女人上卷发筒、刮脸、头上扣着烫发盔以傻呆呆的神情翻阅周刊的光景。

我从老早以前就很感冒这点，逮住好几个女孩问："美容室旁边坐椅上有男人你可讨厌？"她们也异口同声回答："唔，是不太愉快。"我一直在男女同校的学校长大，对与女孩同桌毫无抵触情绪，惟独觉得理发还是男女分开为好，所以始终去街上那家竖着一块俨然麻花糖的招牌的理发铺。不过这终归属于个人喜好问题，并非坚决主张"男人都应去理发铺"。况且果真那样，理发铺势必拥挤不堪。想去美容室的人尽管去美容室好了。

倒是我个人的事了——这个连载我总写个人的事——我常去的理发铺位于千驮谷。眼下我住在藤泽，因此以两个月三回这样的频率乘坐小田急 Romance Car① 跑去千驮谷理发。单程要一个半小时，说有闲也有闲，说好事也好事。

搬去藤泽前我住在习志野，那时同样是单程花一个半小时跑这家理发铺。不过较之总武线快车，还是这小田急 Romance Car 有情调，又便宜，苹果茶都能喝上，作为我还是像时下这样舒心惬意。迁去习志野之前，我就住在千驮谷这家理发铺附近，算起来已交往八年了。

为什么如此搬来迁去还不屈不挠地专门来这家理发铺呢？因为嫌去新理发铺麻烦。去新理发铺，必须一五一十从头说起。首先得让对方理解我的基本状况：我不是公司职员，无须理成中规中矩的发型；三个星期剪一次，故而无须弄得太短。接下去得说明细节：耳朵以上留多长的发，发路

---

① 设有情侣专座的电气列车或公共汽车，此处指前者。

分在哪里，不刮胡须，因每天早上洗发，所以头发大致冲洗即可，不用护发液……光是这一通说明就足以让我筋疲力尽，何况再怎么说明也未必——得到执行，或者不如说常被置若罔闻。在地方城市我尤其吃苦头，后脑勺被三下两下剪短了就算完事，以致四五天关在家里生闷气。如此情形的确苦不堪言。

而若去常去的理发铺，只要打开门道一声"您好"往椅上一坐即可，往下即使打瞌睡也会一如往常处理得妥妥当当，省心至极。

我认为好理发铺的首要条件是师傅（总之就是理发美容师）不能换得太勤。有的店每次去时师傅的面孔都不一样，弄得客人心情不安，加之次次都要从头说明一遍，作为常去的理发铺的意义也就失去了。而且人员流动少的理发铺有一种一丝不苟的气氛，技术也稳定。这和寿司店的厨师是一回事。

第二，不要没完没了搭话。完全一言不发未免煞风景，可我比较喜欢在理发铺里发呆，对方搭话太多会觉得累。"春天了！/天气暖和了。""去看樱花了？/没有，挺忙的。"——这个程度最为理想。我去的理发铺的师傅喜欢慢

剪发时，理发匠脑袋里时
不时考虑盆栽什么的，可
得当心

咔嚓咔嚓

咯吱咯吱

跑，有时聊几句赛跑。

第三，背景音乐不要放品位低俗的广播节目。近来下午面向主妇的黄色节目泛滥成灾，听起来甚觉劳累。"我家那位嘛，我在厨房洗碟刷碗时总是从后面把手伸到裙子里。不过我也倒不讨厌……"如此喋喋不休，听得人脑袋从里往外一阵阵作痛。如今的主妇们到底想些什么玩意儿！

说起来，NHK① 短波的"午间古典音乐"作为背景音乐

---

① 日本广播协会的日文罗马字母 Nippon Hose Kyokai 之略。

再好不过，但在理发铺里听勃拉姆斯毕竟有点故作清高，所以还是 NHK 第一频道合适。NHK 广播这东西只能在理发铺里听到，细听蛮有意思，至少让人觉得"人世真大"。珀西·费思交响乐团演奏的《绿色山脉》在青山一带的美容室里一般听不到，而上午十一点半左右开始的小说朗读在理发铺椅子上听来（惟其如此）也十分够味儿。

　　附言：如今离得更远了，单程差不多要两个小时，但我还是去同一家理发铺。珀西·费思的《绿色山脉》中间有 Four Bars① 洒脱的回应，委实不同凡响。

---

① 爵士乐用语，指每四小节轮流独奏。

柏林的小津安二郎①与驱蚊香

　　日前小津安二郎的电影出了激光影碟，我一块儿买回三张：《晚春》、《麦秋》和《东京故事》。制作年度为昭和二十四年、二十六年、二十八年②，三部影片均由原节子和笠智众主演。

　　日本电影我特别喜欢小津和成濑已喜男的作品，在名画座等电影院看了好多次。放老片的电影院一般都不大，经常满员，加上年纪的关系，连看两三部相当辛苦。在这点上，激光影碟和录像机的确轻松多了，尤其是黑白标准尺寸的旧日作品图像比在银幕上看远为清晰，最适合在家里慢慢欣赏。还可以邀请女孩子："嗳，我弄到一盘小津的新影碟，不去我家里喝着海带茶一起看看吗？"至于对方能否欣然前来，我倒是保证不了。

我曾在德国看过《东京故事》。住在柏林一家宾馆漫不经心地打开电视一看，上面正在播放。片名大概叫《东京之旅》，对话配上了德语。所以，东山千荣子问"您累了吧"的时候，笠智众用"Nein③"回答。这声"Nein"让我觉得甚是莫名其妙。美国人在日本电视上看日语配音的美国电影，肯定也是同一心情。

在德国看《东京故事》感触最深的，是日本人——至少当时的日本人——点头哈腰实在多得要命。用日语看时倒没怎么觉得，而用德语看就别提有多别扭了。

例如客人要走时说"那么实在打扰了，这就告辞了"，同时左一次右一次深深鞠躬。但是换成德语，就仅仅一句"Aufwiedersehen④"了事，以致为对口形而说成"A—u—fwie—der—se—hen"。当然这是个极端的例子，但可有可无的台词太多确是事实。

"是那样吧?"

---

① 日本著名电影导演（1903—1963）。
② 分别为一九四九年、一九五一年、一九五三年。
③ 意为"不"。
④ 意为"再见"。

"是那样的。"

"到底是那样吧?"

"还能不是那样!"

"到底是那样的啊。"

"那是那是。"

这些台词若折腾成德语,甚至多少带有形而上学色彩,不可思议。

"如是乎?"

"如是也。"

"焉能不如是乎?"

"焉有不如是之理。"

"确乎如是,信乎?"

"信然。"

便是这个样子。我的德语相当粗疏,是否真那么说的自是不敢保证,但感觉上确乎有那么一种辩证法氛围,说晦涩也够晦涩的。看用法语和意大利语配音的小津影片想必又另有一番妙趣,两三遍我不敢说,一遍是很想看的。我这人兴趣与众不同,喜欢看英译巴尔扎克,或许因此才有这样的

念头。

《晚春》和《麦秋》因为以北镰仓为背景，经常有江之岛和七里滨一带风光出现。从电影上看来，昭和二十四年那时候七里滨几乎没有汽车往来，似乎十分幽静。当然也没人冲浪，散步的没有。那时候的人一定都很忙。小津安二郎拍摄的影片总是那么寂静，无风，充溢着向阳坡一样惬意的光照。我喜欢小津电影（特别是昭和二十年代的）里出现的这种风景，不知反复看了多少遍。尽管极度模式化，却又那般栩栩如生。

另外是关于细节的。《东京故事》中有一处百思不得其解，即驱蚊香场面。记得这部影片出现蚊香的镜头有三个，而每个镜头中蚊香都是竖着的。前些年曾流行竖式电唱机——便是以那个姿势点着冒烟。

我觉得十分不可思议，就竖点蚊香的方法及其优点翻来覆去想了许多，却怎么也想不明白。莫非当时果真存在那种竖式蚊香不成？抑或是按照小津美学硬把蚊香竖起来的呢？德国人能看出那就是蚊香？不过，那是怎么都无所谓的。

附言：对于近来以影碟出现的《东京暮色》，我和水丸君都叹服不已。那个坏心眼调酒师真是妙不可言。至于蚊香何以竖起，至今仍无任何线索可查。

教　训

　　我比较喜欢含有教训的故事。话虽这么说，但并不意味我这人性格带有教训性质，而仅仅喜欢教训这东西的成立方式。

　　老婆的姐姐高中时代读完堀辰雄①的《起风了》，写一篇读后感说她"认识到健康是何等重要"，惹得老师捧腹大笑——我听了也不由笑了起来。但笑的人是不对的。如果她通过读《起风了》得以痛感健康的重要性，那无疑是文学的力量所使然，是笑不得的。若从这个角度重读一次《起风了》，必有几处令人点头称是的地方。教训这东西有的时候沦为同一模式，有的时候又具有摧毁另一种意义上的模式的力量。

　　我也不时接到看了我的小说谈感想的读者来信。多数写的是"村上君小说的感性……"、"这个词的用法……"以及"读后我觉得……"之类,写"看了村上小说我得到这样一个教训"的信却一封也没有。所有人都这样写的必要当然没有,但有一两封也未尝不可嘛,诸如"看了村上君的小说,我觉得应更好地照顾体弱多病的母亲"、"看了村上君的小说,得以明白钱并非一切"等等。这或许是强求吧。

教训这东西决非如一般人想的那么死板。大凡事物必有教训,形式各所不一。下雨有教训,邻居停车场里停的"皇冠"也有教训。用不着刻意寻找,有自然有,而自然有是非常愉快的情形。

往日当学生时在课堂上学《徒然草》②,老师说"以现代眼光看来,作者的说教味儿、教训味儿未免浓得呛人",当时心里是很赞同。但现在想来,惟独富有教训意味的部分深深留在脑袋里,事情也真是奇妙。并不限于《徒然草》,

---

① 日本作家(1904—1953)。《起风了》为其代表作,写二战期间男主人公与患肺病的未婚妻的爱情故事。根据小说拍摄的电影曾在我国放映,译名为《风雪黄昏》。
② 日本古代的随笔文学名著,兼好法师著。其中有大量关于为人处世的论述。

就其他文学作品来说也是同样：珠滑玉润的行文和细致入微的心理描写当时是让人心悦诚服，但时间一长就忘得一干二净，惟有似乎琐碎却又有效的那一类留在记忆中，往往如此。是好是坏我不晓得，但至少强于什么都没记住。

过去一位编辑告诉我一件有趣的事，教训相当之多。由于太多了，至今仍未清理完毕，故且作为 case study① 记录如下。

Case study · 某编辑的话

我喜欢爵士乐，把一位前卫爵士乐手的演奏录进磁带，借工作之便拿给××先生（注：著名爵士乐评论家），请他品听。××先生大为赞赏，对我说："唔，这个好，太好了！"至此情况顺利。不料注意到时，他是用快速键放我的录音带（注：卷盘式录音带）的。我觉得这样不妥，提醒对方速度搞错了，请从头放起。毕竟不能以错为对嘛。结果先生大发脾气："你小瞧我吗！"喏，就是这样。那样的人物也不例外，说话冠冕堂皇，心胸却很狭隘。

刚才也说了，此事含有大量教训，我把自己发现的教训

---

① 意为"事例研究"。

一条条列出来。即将参加考试的人请在自己认为正确的条条
上面画上○。

① 前卫爵士乐可以用自己喜欢的速度听。

② 无论什么，自己认为合适即可。

③ 所谓正确的评论是不存在的。

④ 即使觉得不妥，也应再次慎重考虑。

⑤ 以错为对也未尝不可嘛！

⑥ 对失败最好一笑了之。

⑦ 心胸宽广的人不大开口。

⑧ 编辑是不直接说对方坏话的。

⑨ 过分赞扬什么，往往不好收场。

如此列举之下，不难看出这么短的故事中都有许许多多东西可学。此外也可能有我尚未发现的教训，发现的人请告诉我。往下不妨想《徒然草》，看那里面有什么教训——这样做能消磨不少时间。

音乐爱好

时不时有问卷调查问我爱好是什么，问得很伤脑筋。若正经回答，无非读书和音乐，但时下不读书不听音乐之人基本没有，因此我觉得准确说来这不能算是爱好。想来想去想烦了，便谦虚地——或者不谦虚地——答道"无爱好"。

当然喽，写小说之后，读书成了我工作的一环，现实中已不能称之为爱好。仅有音乐勉强留在爱好的范畴之内。所以，我尽可能不把音乐带进工作，而仍作为爱好加以保留。问题是一旦以文笔为业，就很难避开某一特定领域。

我成长的家庭里没有哪个人喜欢听音乐。因此上初中真正开始听音乐时得不到任何人的指点和建议。和现在不同，那时候根本没有什么给人以热情指点的音乐指南，所以只能把零花钱存起来一个劲儿买唱片，一直听到听懂时为止。

以现在眼光看来，那时买的唱片相当杂乱，自己都为之吃惊。当时不懂这个，有减价唱片就买回一堆，一直听到盘面磨得面目全非。年轻时听的演奏会终生烙在耳底，加之少数唱片翻来复去听了无数次，所以那时买的唱片如今对于我已成了一种标准演奏。

例如贝多芬钢琴协奏曲第三号曲我听的一直是格伦·古尔德[1]的，所以一提起"三号"脑海里即刻浮现出古尔德的演奏，提起"四号"马上浮现出巴克豪斯[2]的演奏。后来过了很久买到巴克豪斯演奏的三号和古尔德演奏的四号，可是听起来——演奏当然不坏——总觉得不够到位，因为耳朵已把"三号须激进四号须正统"这一演奏基准牢牢嵌入大脑了。

莫扎特弦乐四重奏曲的十五号和十七号也是如此。十五号是朱利亚德弦乐四重奏乐团[3]、十七号是维也纳音乐厅弦乐四重奏乐团演奏的。二者的对比异常惊人。一听即可听

---

① 加拿大钢琴家（1932—1982）。
② 德国钢琴家（1884—1969）。
③ 美国的弦乐四重奏乐团。

出，这两个演奏团体位于大凡能设想到的两极。朱利亚德激越凌厉，后者温情脉脉。由此之故，长期以来我一直认为十五号曲激越凌厉而十七号温情脉脉，莫扎特到底是个具有多重性的人。而二十岁过后用另一张唱片听十五号，感觉上就好像天地整个颠倒过来。现在想听十五号时也还是不知不觉伸手拿朱利亚德那张唱片（当然已买了新的），不可思议。

这样的例子一一举起来是举不完的。虽说是不成系统地一味乱买减价唱片的结果，但如今看来，这种不成系统的杂乱性反而有可能增加听音乐的乐趣。爱好上没有过于偏重某个方面，未尝不可以说是没人提建议的结果。

总的说来我便是一边这么绕来绕去，一边以自己喜欢的做法硬往前闯的性格。到达目的地既花时间，又屡屡受挫。然而一旦有所领悟，便轻易不会动摇。这么说不是我想自吹。这样的性格往往伤害他人，自己想改也很难改正。别人的劝说大多当耳旁风，而自己也很少认真劝说别人。可因为一直这样活过来的，时至如今已别无他法。

这个且不说了，接着说音乐。我觉得一般人对音乐的感受性以二十岁为界，其后急转直下。理解力和赏析力当然随

着训练而提高，但十几岁时刻骨铭心的感动却一去不复返了。流行歌曲也听着心烦，开始怀念过去的老歌。我身边一些老摇滚迷们也开始说没心思听现在的摇滚——浅薄，不想听。其心情诚然可以理解，但总发牢骚也没有用，所以我还是较为老实认真地去听全美排行榜上的歌曲，以防耳朵老化。"文化俱乐部"和杜兰·杜兰我虽然不太喜欢，但比较中意其中的欢快与单纯。

关于汽车

我不开汽车，对汽车这种物体也没多大兴趣。环视自己身边，不知何故，开车的人也少而又少。熟人中取得驾驶执照的估计超不出三成。考虑到现在日本总人口将近六成有驾驶执照，这个数字实在少得没有道理。

为什么我身边的人都不开车呢？道理非常简单：因为无此必要。开车多费神经，多花钱，不能喝酒，洗车啦车检啦麻烦得很……如此考虑起来，无论怎么看都是坐地铁搭出租车便利快活。当然喽，住在北海道湿地正中央的人没有车怕是活不下去，但在东京近郊过日子，车那玩艺儿我想就没多大必要了。

以我自身为例，对没车感到不便的事一年也就一两回。只要把这一两回对付过去——当然能对付过去——往下靠电车、走路、出租车足矣足矣。虽然大家各有个各的情由，可也用不着大伙儿都争先恐后开哪家子车嘛！也就三十几年前，绝大多数人没车也过得悠然自得。

这些话跟有车的人说起来，对方大多回答："啊，那是再好不过了。没有开车必要的话，当然不开最好。"可恰恰是这些人，乘电车才一两站的路，也要特意开着车去。自己不开车也说不清楚，但我反正是不大明白开车人的心情。一步一挪地物色停车空间、为一点点时间差跑来跑去改变行车线——这样的事我是横竖做不来。

没有车，自然没有购车贷款没有税金没有汽油费没有修理费，省下的钱足可以舒舒服服搭出租车、坐国铁软座车。而开车的人似乎大部分都觉得出租车和软座车开销大得出格，这也是怪事之一。于是我说自己常搭出租车常坐软座，对方遂说"你太奢侈了"。可是细想之下，东京与藤泽之间的软座车票同停车场两小时停车费基本相同。我忽然想到，如果你能利用那一个钟头坐在那里悠然看书，换个看法岂不还便宜了？我倒不是有意帮国铁说话。

话虽这么说，但我若再年轻些，说不定同样会弄一辆高

档车拉女孩子兜风，所以不敢说过头话。这东西类似一种机缘，稍微偏离几步，截然相反的主张也并非就不存在。世间流行的大部分主张就结果而言都是建立在自我肯定精神之上的。所以我并非在这里大谈排车论，仅仅是稳妥地叙说一种推测，即没有车也不至于太不方便这样的情况是不在少数的。请别来气发火反唇相讥。

随着夏日的临近，在我如今居住的藤泽，车也明显多了起来。每到周末，从藤泽桥到江之岛那条路就挤满了车辆，小路上也接连有车涌入，摩托车发出的噪音彻夜不息。我搬来这里后就有一位老婆婆被车压死了，甚至有人为抗议摩托车声吵得睡不着觉而自杀。

也可能我对汽车神经过敏，觉得汽车增多之后，无论去日本哪个地方都很难叫人心情沉静下来。有时兴之所至乘江之电车去镰仓吃午饭，但大街小巷全是车，害得我脑袋作痛早早撤回。就连京都过去也没这么吵吵嚷嚷锣鼓喧天的。

世上若有一座一辆汽车也没有的城市不也蛮好么？就像瓦亚特·阿普在道奇①市从人们手里没收手枪一样由工作人员在城市入口把车存起来。如果什么地方有那样的城市，我一定住进去。常有什么"步行者天国"，那种程度的东西如何称得上天国！从不开车的人看来，纯属正常状态。

附言：后来因故领了驾驶执照，但想法基本没变。国铁后来变成了 JR②。"江之岛电车"怎么样了呢？

---

① Dodge，美国克莱斯勒公司生产的汽车名。
② 日本国有铁路（国铁）1987 年分割民营之后改称 JR（Japan Railway 之略）。

猫之死

前几天，我养的一只猫死了。这只猫是从村上龙[①]那里抱来的阿比西尼亚猫，名叫"麒麟"。同啤酒无关[②]。

年龄四岁，以人来说，才二十多三十来岁，属于早亡。此猫属于膀胱容易结石的体质，以前也动过一次手术。总是喂减肥猫食（世界之大无所不有），但终究还是给这尿结石夺去了性命。请专业公司火化了，骨灰收入小罐，摆在神龛里。现在我住的房子是老式日本住宅，附带神龛，这种时候就很方便了。若是新式两室一厅公寓，找出安放猫骨灰的位置可不是件容易事，毕竟不好放在电冰箱上。

除了这只"麒麟"，我家还有一只十一岁的暹罗猫，名叫"妙子"，来自有名的少女漫画《玻璃城》的主人公。以前养过两只公猫，名字分别来自《向明天开火》里的"布齐"和"桑达思"。猫养多了，就懒得一一考虑名字，大多马马虎虎。一段时间养一只叫"小虎纹"的虎纹猫，还有一只三毛猫就叫它"三毛"。养苏格兰猫时就以"苏格兰"为名。这样一来——想必你可以作派生性的推断——名叫"黑毛"的黑毛猫也在我家寄居过。

这十五年间我家里来来去去的猫们所经历的命运可以列表如下：

A 死去的猫

① 麒麟 ② 布齐 ③ 桑达思 ④ 小虎纹 ⑤ 苏格兰

B 送人的猫

① 三毛 ② 皮特

C 自然失踪的猫

① 黑毛 ② 跳跳

D 现存的猫

① 妙子

回想起来，十五年间家里一只猫也没有的时期只有两

---

① 日本当代作家（1952—　）。著有《无限近似于透明的蓝》等。
② 日本有"麒麟"牌啤酒。

请节哀

冷雨漂零的日子

宠物埋葬业者

"麒麟"的葬礼

个月。

理所当然，猫也有各种各样的性格，一只猫有一只猫的想法，行动模式也各所不一。现在养的暹罗猫性格更是奇特：生崽时我不握它的爪便生不下来。阵痛刚一开始，这只猫便跳到我膝上，以坐靠椅的姿势舒舒服服蹲在我怀里。我一只手握紧它一只爪，不久便有两只猫崽先后生出。看猫产子实在惬意非常。

不知何故，"麒麟"最喜欢玻璃纸揉团时的"沙啦沙啦"声，每有人捏空烟盒便不知从哪里脱兔一般跳将过来，从垃圾篓里拽出烟盒独自玩上十五六分钟。至于这种倾向或嗜好到底是经过怎样的程序在猫身上形成的，则整个是谜。

这只猫是公猫，精力旺盛，身强体壮，能吃能喝——这几句描写同村上龙的个性并无关系——性格也爽快，来我家的客人都交口称赞。膀胱出问题之后精神蔫了几分，但直到死前一天也无论如何看不出它会死。带到附近兽医那里把存尿排出，让它吃了化石药，不料一夜过后，它蹲在厨房地板上大睁着眼睛四肢变凉了。猫这东西死得真是容易。由于死相太漂亮了，让人觉得放在太阳光下没准会解冻回生。

下午专门埋葬宠物的人开着轻型客货两用车来收猫尸。来人就像电影《葬礼》一样，穿戴得煞有介事，大致讲了几句悼词——这个你不妨视为以人为对象的悼词的适当简化。之后谈费用。火葬加骨灰盒为两万三千日元。两用车后货厢里可以见到装在塑料衣裳盒里的德国牧羊犬。估计"麒麟"将同那牧羊犬一起火化。

"麒麟"被两用车拉走后，顿觉家中空空荡荡，我也好老婆也好剩下来的猫也好，心里全都空落落的。家庭这东西——尽管有的成员是猫——要互相保持均衡才能存在，若缺了一角，一段时间里就要微妙地变形走调。由于在家里没法安心写东西，打算去横滨旅游一下，顶着淅淅沥沥的小雨走到车站，却又没了情绪，扭头转回家来。

附言：现在养的猫叫"妙子"和"炸肉饼"。叫"迈克尔"和"小铁"之类的猫想必全国到处都是。

Yakult Swallows[①]

不知什么缘故，职业棒球中我偏向 Yakult Swallows。虽说偏向，却也并非参加啦啦队或做一些给选手零花钱等具体事情，只是一个人在心里悄悄盼望 Yakult 获胜。

电影《亲爱猎手》（Dear Hunter）中有一种叫作 Russian roulette 的游戏，即把一发子弹装进左轮手枪弹仓，然后急速转动转轮对准自己脑袋扣动扳机。而声援 Yakult 就和将四发子弹装入六个弹仓玩 Russian roulette 游戏差不多，因为获胜概率也就在三分之一左右。声援这样的球队对健康不会有好处。

我开始声援 Yakult Swallows 是十八年前刚来东京的时候。当时还叫"产经阿童木"那个名称，但实力比名称弱。我一向认为棒球这东西原则上应该声援本地球队。既然来到东京，那么理应声援东京的球队。经过反复比较驻京四支球队（巨人、阿童木、东映 Flyers、东京 Orions），最后用消减法使 Yakult 剩了下来。常去东京棒球场无地利之便，巨人战观众过于拥挤，所以我一般不太喜欢后乐园那个球场。

在这点上，神宫是个让人十分快活的球场。周围树木多，那时外场席还是个光秃秃的土堤，骨碌歪躺喝着啤酒看比赛很有一种幸福感。只是刮风时候灰沙厉害，带去的饭团吃起来沙沙拉拉的，说成问题也成问题。日场比赛往往脱光上半身晒日光浴。看巨人战时空空荡荡没几个人也让人欢喜。总之一句话，去神宫球场与其说是因为喜欢 Yakult，莫如说由于喜欢球场本身而在结果上声援了 Yakult。

空空荡荡的球场外场席正适合用来同女孩子幽会。可以边喝啤酒吃盒饭边呼吸室外空气，票价也比电影院便宜，又能兴之所至地看球赛。

至今还记得十四五年前在 Yakult 对巨人队的双场赛中，我照常同女孩子一起坐在右看台右侧正后方看比赛的情形。

---

① Yakult 为日本职业棒球队名（亦为酸乳酪商标名），Swallows（燕子）系其爱称。

若是现在，必为那个冈田啦啦队吵得翻天，但当时的啦啦队极其安静，无非一个鼓一支笛子罢了。至于比赛结果 Yakult 赢了还是输了现在记不得了，唯独 Giants① 击球手打的一个高飞球作为极有象征性的场景鲜明地留在记忆里。那个高飞球是个外场飞，宛如画上画的一般轻盈，击球手把球棒往场里一扔，摇头晃脑朝一垒跑去。Yakult 的右翼手（怪可怜的，隐去姓名）以为万无一失，缓缓前进五米，等球落下。平常光景。然而球——倒是难以置信——扑哧一声落在了距右翼手皮手套五米左右的后头。事情发生在风和日丽心旷神怡的下午。观众目瞪口呆，半天说不出话来。

"喂，你声援的就是这支球队？"女孩手指难为情似的嗫嚅着什么的右翼手问我。

"是倒是……"我回答。

"不能换支别的球队？"她说。

但我没理会她这个得当的建议，至今仍是 Yakult Swallows 迷，甚至觉得随着年龄的增长，感情愈发转移过去了。

———————————

① 巨人队的爱称。

为什么这样我也不大明白，是否正确也信心不足，感觉上就像"一夜情留下的后果"。

那期间我委实目睹了无数瞠目结舌的场面。松冈投球手曾经朝巨人队九死一生地投出十全十美的球，而正式比赛中在只差一个人的关头兵败城下。毕竟我不是因为喜欢兵败才声援 Yakult 的，每当这时终究感到沮丧。

不过通过声援 Yakult 而得到的素质也不是没有，那便是对失败的宽容。失败固然讨厌，可是若对此统统都耿耿于怀，就很难活得长久——就是这样一种达观。在我看来，相比之下巨人迷们就好像十分禁不起失败。Yakult 对巨人之战 Yakult 获胜时，一个巨人迷朋友给我打来电话说 "给猪踢了一脚"，实在尴尬得很。

附言：去看松冈投球手退役比赛时，有一对公司职员模样的夫妇给我喝了瓶啤酒，实在谢谢了。松冈投球手也没对若菜客气，胜得利利索索，令人快慰，尽管也利利索索给人家一次得了三分。

关于健康

我的座右铭是"健康第一，才能第二"。我甚至想过几天请安西水丸画伯①写成挂轴挂在墙上，字下面最好画个哑铃什么的。

为什么说"健康第一"而"才能第二"呢？因为单纯考虑起来，健康可能招来才能，而才能不至于招来健康。当然不是说只要健康便会有才能不断涌来。但是，长期维持注意力和努力无论如何都需要体力，而通过维持注意力和努力来让才能增殖不是不可能的。所以，"健康第一，才能第二"。

不过，这样的想法不适合天才。天才即使不健康不努力也能不断创作出稀世精品。刻意自我训练肯定是与天才无关的劳作。但作为现实问题我不是天才，这就需要付出相应的努力，故而健康是大事。没多少才能却又病病歪歪，我认为这对作家怕是最坏的模式。

其实无须把这座右铭写成挂轴，我这人原本就够健康的，一次也没住过院，二十年来从未看过医生。不吃药，身体没出现任何不适症状，也压根儿不知肩酸、头痛、隔日醉为何物。失眠二十几岁的时候体验过几次，现在已彻底消失。

所以，头痛、隔日醉和肩酸实际上是怎么一种痛苦我全然揣度不出。因为揣度不出，也就上不来同情心。老婆时不时说什么"今天头好痛啊"，我只能应道"噢，是吗?"这和美人鱼对自己说"今天腮和鳞磨得很痛"是一回事。我也觉得抱歉，但自己不曾体验的肉体痛楚毕竟无法准确想象，所以常被人指责"你小子缺乏同情心"。可那是不对的，准确说来，不是"缺乏同情心"，而是"想象力不充分"。这我有证据：对于牙痛、晕船和胫骨撞在椅子上的人我每次都真心同情。

隔日醉也是我弄不大懂的痛苦之一。我这人酒量虽不很

---

① 日本对名画家的尊称。

大，但每天习惯性喝酒，偶尔也像一般人那样醉得不省人事，但奇怪的是隔日醉却从未体验过。醉得再厉害，阳光射进屋子也会猛然睁眼醒来。

因为不知道，所以常问熟人隔日醉是怎么回事。不料做出确切描述和说明的人却一个也没有。回答不外乎"反正就是脑袋沉甸甸的不是滋味，反正就是没心思做事"。而脑袋沉甸甸是何状态我还是不懂，只能不了了之。再细问下去也没用，对方笃定要说："真是啰嗦，没实际经历隔日醉的人如何能知道隔日醉有多么难受！"总之一提起隔日醉来，大家的语气保准都像气极败坏似的。

日前在一个地方喝了几瓶啤酒。喝罢换地方集中喝葡萄酒，喝得大醉而归，直接睡了。第二天早上七点醒来，脑袋里像笼了一层薄雾似的迷迷糊糊，于是我忽然心想这大概就是程度轻的隔日醉了。吃完饭跑了十二公里回来，那迷迷糊糊彻底不翼而飞。跟熟人谈起，对方说那样子算不上隔日醉，隔日醉根本没有食欲，跑步的心思更是无从谈起。这么着，隔日醉对于我成了永远的谜。

便秘、痔、花粉过敏、神经痛、月经痛（这个当然不会有）、目眩、食欲不振等诸如此类的名堂我都很难理解。恶心、泻肚、牙痛、疲劳、感冒、恐高症倒可以理解。

能不能理解另当别论，在一旁听不健康的人互相谈不健康实在有趣得很（尽管对当事者怀有歉意），至少比听健康人互相谈健康有趣得多。我想那肯定是因为交谈的人都具有高品质同情心的缘故。听起来尤为有趣的是关于痔和便秘的，本人虽说苦不堪言，但由于不直接危及性命，结果谈得越详细越让人涌出悲痛的滑稽感。虽然悲痛却又滑稽，虽然滑稽却又悲痛——乃是健康身体难以求得的兴味。

小说家的知名度

在吧台一个人喝酒的时候，有时听到邻座的人谈论某某人，半听不听地听起来也蛮有意思。谈论的对象既有我知晓的名人，又有其上司、同事和朋友，哪个都谈得兴味盎然。最没意思的是夸奖谁的话："跟你说，××嘛，我是认为那家伙厉害，有本事!"听得我也无聊起来，盼望快说别人的坏话。"傻瓜呀那小子，傻透顶了，傻得无可救药"——若是这个样子，作为我也乐不可支，毕竟是别人的事。几年前在横滨一家叫"STORK"的酒吧喝酒时，旁边两个公司职员模样的年轻人始终在大讲真行寺君枝①，于是我照旧凑过耳朵。正听之间，突然听得"喂喂，不是有个叫村上春树的作家吗，那家伙……"往下没再听就赶紧跑出来了。何以从真行寺君枝身上没头没脑地转到我头上呢？莫名其妙。实在叫人吃不消。"噢——，真行寺君枝先谈到这儿，谈点别的吧。""谈什么好呢？""小说怎么样？""年轻小说家的东西你看过什么？""要说这个……"——若有这些铺垫，作为我也好大致有所警觉。而像这样喉咙下面马上是胃似的改变话题，弄得我险些把鼻子磕在加冰威士忌的杯口上。

另外，在街上行走时，偶尔也被陌生人招呼过。我因不上电视，才止于偶尔这个程度，而常上电视的人想必相当麻烦。如果只是看过杂志上的照片，见到本人也许会意外地认不出，但电视那东西图像活灵活现，恐怕就不好办了。所以我是不上电视的，每次得到上电视的邀请，我都开玩笑说："如果可以穿上旅游景点那种只露两个眼睛的替身袍，那我就去。"但从未有人说过"那也不碍事，请吧"。理所当然。

给这本书画插图的安西水丸君上过一次电视②，后来听说简直昏天黑地，翌日"叮呤呤"电话铃声不断，很多人告诉他"看见你上电视了"。电视这玩意儿实在可怕。不管怎么说，文学刊物是最保险的，给文学刊物写小说从未有电话

---

① 日本女演员。曾主演根据村上春树处女作改编的电影《且听风吟》。
② 本书原有安西水丸的插图。

打来。

一次在神宫球场外场席，正独自喝着啤酒看 Yakult 对中日①的比赛，一个女孩走来叫我签名："村上先生，请签名!"我对来神宫球场外场右翼座席的女孩大体怀有好感，说"可以呀"。女孩说："噢——可以写'加油，Yakult Swallows'么?"这样的人我比较喜欢。

还有一次，在总武线电车中，一个坐在我对面的女孩向我打招呼。可我这人这种时候特别紧张，而一紧张整个人就变僵了，以致语声都没好好发出，觉得很对不起人家。再说在电车中有人打招呼，周围人都直盯盯地看着，实在不好意思。若像 Yakult 对中日的比赛那样空荡荡的没人倒还好说……

在赤坂一家叫"倍儿美"的时装大厦休息室里气鼓鼓闹别扭的时候（老婆买东西时间实在太长了）也给人搭过一次话。这回是个年轻男子，对我说："村上君，好好干!"我不由应道："是，好好干!"这一来，活活成了"职业棒球新

---

① 均为日本职业棒球队名。

闻"里的现场采访。

　　顺便往下想去，在六本木给一对年轻恋人打过招呼，另外在御茶水明治大学前面、在新宿伊势丹二楼和藤泽西武百货店以及小樽①街头各有一次。小樽那位说我的书在北海道卖得相当不错。不过能在小樽站前商业街认出我来也真不简单。

够险的

某歌手

呼，呀

凌晨两点

　　如此一次一次计算起来，自从开始写小说这六年时间里一共有八次给陌生人打过招呼。大体一年一次多一点。至于

---

① 日本北海道的城市。

这"被打招呼频率"对于从事我这样职业的人是多是少，自己也不明白。

过去在一位歌手的公寓旁边住过，曾目睹此人奋力跑过从汽车至门口的十来米距离。大概是想避免被歌迷们逮住，但即使深夜一点多四下空无人影的时候也是那样。看来名人不得不过着相当奇妙的人生。

穿校服的铅笔

不久前有事去见一家杂志的编辑，事情结束后两人喝酒闲聊，话题不知不觉转到了文具上。谈文具我最来情绪，什么圆珠笔那个好啦，橡皮擦这个顶呱呱啦，如此在酒馆里东拉西扯个没完。聊着聊着，对方问我铅笔用多大硬度的。我总用 F 铅笔，遂回答 F。对方说道："是吗？不过这 F 铅笔么，你不觉得像是穿海军装校服的女高中生？我是常有这个感觉。"

因为是在酒吧里，我便笑着说："这么说，或许是那样吧，世上有各种各样的感受性嘛。"随即转去别的话题。不料随着时间的推移，惟独这点渐渐爬上心头。为何 F 铅笔像是穿海军装校服的女高中生呢？一旦这么想来，越想越不得其解，脑袋乱作一团。不得其解之间，F 铅笔看上去果真成了穿海军装校服的女高中生，叫人一筹莫展。近来每次拿起F铅笔都要想起穿海军装校服的女高中生。物体一旦产生印象，印象就反过来限定物体——想必是这种现象。不管怎样，这现象对我来说都麻烦到了极点。

倘若长此以往，迟早有一天拿起铅笔性欲就受到刺激。而那一来就麻烦多多，因为工作要求我常拿铅笔。

索性不用F而改用HB如何呢？糟糕的是这时又冒出这样的念头：既然F是穿海军装校服的女高中生，那么HB岂不就是穿直领校服的男高中生？而这一来心里还是不释然。本来我就不怎么中意海军装校服和直领校服那劳什子。海军装远看倒相当好看，而近前一看却脏到一定程度，不是什么光鲜亮丽的东西。关于校服之脏就不用我再说了吧。

那么 H 怎么样呢？感觉上总有点儿近似"警察"（摇滚乐队）的斯汀。对于斯汀我虽然没什么恶感，但恶感也罢好感也罢，铅笔像斯汀终究让人不舒服，总觉得耳畔有"警察"音乐轰鸣不已。

比 2H 硬的铅笔和比 B 软的铅笔都不适合用来写东西，最终留给我的只有三种可能性或者选项："穿海军装校服的女高中生"、"穿直领校服的男高中生"和"警察斯汀"。至于微不足道的铅笔何以引起这么大的麻烦，我也糊里糊涂。不过追究起来，原本是那位多嘴多舌地说什么"你不觉得 F 铅笔像是穿海军装校服的女高中生"的那个编辑不好。印象是从那里接二连三朝错误方向膨胀的，使得我陷入现在不得不放弃铅笔而用圆珠笔修改这份原稿的窘境。使用圆珠笔时我极力克制自己什么都不去想。圆珠笔仅仅是圆珠笔。

可铅笔的确是十二分可爱的书写工具，不能否认，近来由于自动铅笔的性能大大提高的关系，它在文具界的地位多少有所下降。尽管如此，铅笔还是撩人情怀（至少对我）的东西。作为产品说单纯固然极为单纯，但细细注视之下，可以看出其中蕴含的无数谜底和智慧。想必最初制作铅笔的人历尽了千辛万苦。对于发明了往鱼肉筒里塞奶酪的人，我常常怀有敬畏之念，而铅笔的制作无论作为构思还是作为技术似乎都比鱼肉筒塞奶酪复杂得多。

原稿的细小修改我大多使用铅笔。自动铅笔也方便好用，但就手感和书写情味来说，还是普普通通的铅笔更适合写作。清早削好一打铅笔，插在威士忌玻璃杯里，依序用下去。所以——话又返回原处——铅笔看上去俨然穿海军装校服的女高中生实在叫人挠头。

"喂，下一个该用你了哟！"

"哇，讨厌，别胡说！"

如此一个人琢磨起来，写作全然不得进展，活活傻瓜一个。

附言：新潮社①的铃木力实在害得我好苦，而他本人却丝毫不记得醉酒时说的话："哦，我那么说来着？为什么 F 铅笔是女高中生呢？"问我也没用。

① 日本主要出版社之一。

"火奴鲁鲁电影院"

往旅行箱里塞了十五包冷面来到夏威夷。哪本导游手册上都没写过——我想大概没写——在夏威夷吃冷面委实妙不可言。准备长住夏威夷的人务必带些冷面。

这么着，眼下我正在火奴鲁鲁自由自在地休养，计划休养一个月。也许你说现在何苦去夏威夷呢，不过假如一个人只想一整天在海滩上东倒西歪尽情游泳、晚间喝喝酒看看电影而此外别无他求，那么再没有比夏威夷更开心的地方了。若加上冷面，不妨说十全十美。

当地现在最受好评的影片是朗·哈瓦德导演的《Cocoon》，电影院平日也相当拥挤。Cocoon 意思是蚕茧。关于何以取这样一个片名，说起来枯燥就免了。影片主要描写在佛罗里达的高级养老院里悠悠然（而又相当寂寞地）打发余生的老人们同来到那里的外星人进行交流的场景，作品充满温情。你肯定以为那岂不和《E·T》①一模一样了。言之有理，确实一模一样。我周围的美国观众全都抽抽嗒嗒地哭了，甚至这种地方都酷似《E·T》。如果说是同为朗·哈瓦德叫座影片《飞溅》（Splash）和《E·T》的混合之作，或许更为确切。

只是，《E·T》是以孩子们为主人公，而《Cocoon》的主人公则是老态龙钟的老人们，因而这部影片的视角有可能

---

① Extra Terrestrial 之略，外星人，宇宙人。

比《E·T》更加曲折。扮演老人的老资格演员的演技也值得一看，尤其阿梅什跳的霹雳舞大受欢迎。说起朗·哈瓦德，他在《美国风情画》（American Graffiti）中扮演过似乎很难有太大出息的优等生男孩，而作为导演的本领也相当不俗。《美人鱼》（Splash）在日本不怎么卖座，不过这部《Cocoon》极有情调，但愿在日本也一炮打响。像这种几乎只有老人和外星人出现的影片，在日本的电影制片公司恐怕处于策划阶段就会被封杀的。

如果说《Cocoon》是明快积极的外星人影片，那么特比·胡帕的新作《生命力》（Life force）则是阴暗消极的外星人影片。听说原作是科林·威尔逊的小说，但因为书没看过，无法比较。简单说来，似乎是将《异形》（Alien）、《僵尸》（Zombie）和《捉鬼敢死队》（Ghostbusters）搅合在一起再用特比·胡帕所熟悉的猎奇趣味加以调味弄出来的作品，讨厌这类东西的人不看怕是明智的。我因为颇为中意此类影片，看得还算快活，但终究觉得有点儿拖沓，看到正中间时没了兴致。胡帕的拿手好戏是低成本电影花里胡哨的恶俗，涉足这等巨作显得有些吃力。但不管怎样，一味追求恶俗效果的地方到底不同凡响。观众则寥若晨星。

约翰·巴曼的《绿林浩劫》（Emerald Forest）由于也是第一天放映，观众进来不少。事先标榜"基于实事"，但故事实在太巧了，无法把握多大程度上"基于实事"。从经验上讲，再没有比"基于实事"的好莱坞电影更值得怀疑的了。讲的是被亚马孙土著人抢去儿子的父亲在森林中整整寻找了十年的故事。亚马孙流域的原始暴力性随处可见，自有一定的冲击力。不过，由于故事流程太顺畅了，看到中间不由让人生疑，而结尾又草草了事。说起亚马孙，不管怎么说都是《空白点》（Point Blank）、《逃亡》和《亚瑟王之剑》（Excalibur）这三部最让我喜欢，其余皆略有逊色。食人族在森林里全部以同一步调"呜嗬、呜嗬、呜嗬"行进的场面颇像"人猿泰山"电影，妙趣横生，而弄不清巴曼这个人在想什么则有些令人怅然。

不过，在弄不清想什么这点上，也许导演《红色索尼亚》的理查德·弗雷夏好一些。这部影片是继《王者之剑》（Conan the Great）和《毁灭者柯南》（Conan the Destroyer）之后的罗伯特·E·哈瓦德系列的第三部，激情无疑一部比一部差。我个人极喜欢这类电影，应该算是好意观看的了，但还是觉得《红色索尼亚》有点儿提不起来。就连在《终结者》（Terminator）中突然声名鹊起的阿诺德·施瓦辛格在《红色索尼亚》中也黯然失色。观众的情绪理所当然上不来，没有掌声。罗伯特·E·哈瓦德原作中更为惊心动魄富于野性的东西任凭多少都有，何苦非拍摄如此平庸无聊到极点的影片不可呢？令人费解。

何谓中年（一） 关于脱发

上星期某周刊打来电话，希望我为"我的二十年代①"专栏写篇东西，同时提供一张二十几岁时照的相片。我过去不太喜欢照相（现在也不怎么喜欢），几乎没有二十几岁的照片，但最终还是找出五六张来。

不料看十多年前的照片时我有了个发现：自己的头发确实比二十几岁时变厚了。一开始我以为是发型不同的关系，但看了好几次，还是现在头发数量多，绝对多。生机蓬勃，密度也够。但去理发店次数也比过去多了。委实不可思议。年纪增加而头发变厚这样的事还真没怎么听说。

老婆简单归结为"因为没有过去那么用脑，精神压力没有了"。可是就算小说内容再轻松肤浅，写起来也还是要动脑的，而动脑就必有精神压力。何况还有文坛啦同行啦纳税啦按揭啦等等，纵然是小说家，也不可能悠悠然看着院里的麻雀道一声"春天了"——不是那个年代了。我可不愿意被人归结为是不动脑的关系。我也有各种各样的烦恼，只不过烦恼不外露罢了。

话虽这么说，细细琢磨起来，头发增多的确是在当上专业作家之后。这样，就有必要概括一下当专业作家给我的生活带来了怎样的变化，那样的话，头发增多的秘密自会迎刃而解。试将若干变化列表如下：

（1）离开东京迁来郊外。

（2）极少与人相见。

（3）早睡早起。

（4）三餐定时，自己做饭。

（5）天天运动。

（6）应酬性喝酒骤减。

不用说，头发变薄有各种各样的原因，很难一概定论。不过就我而言，恐怕可以说是上述生活变化给毛发状况带来

---

① 指二十岁至三十岁。

了良好结果。反过来说，或许没有为写小说而呕心沥血。

曾有一段时间——大约五年前——头发变得相当稀薄。那时候写作方面这个那个有很多啰嗦事（现在光回想都累），致使头发飞速脱落。进浴缸洗头发，排水孔经常有数量多得惊人的头发缠作一团。

我原本算头发多的，一开始没放在心上。但没过多久，站在镜子前可以从发间看见头皮。如此一来二去，周围开始有人说"头发莫不是稀薄起来了?"到了这个阶段，我开始改变发型，拼命用护发剂按摩头皮。脱发与勃起力度不够（后者时下尚与我无关）不同于肥胖与戒烟，并非通过本人努力即可改变的。正因如此，当事者的心境相当黯淡。

可是别人这东西是很残酷的，本人越是怏怏不乐，他们越是呶呶不休，什么"不怕的，近来有高档假发"啦，什么"春树君光秃也有光秃的可爱之处"啦，如此不一而足。若是耳朵整个少了一只，大家自会同情，不至于当面奚落。然而脱发这玩意儿毕竟不伴随具体的痛感，几乎没人真正启动恻隐之心。年轻姑娘因为本身不怀有可能变秃的恐惧，所以说起来尤其肆无忌惮："哟，真的稀薄了！喂，让我看一下，都见头皮了。哎呀，呜哇！"实在叫人火冒头顶。

幸运的是，随着包围我的麻烦而恼人的状况的改善，脱发量逐渐减少，两三个月后头发彻底恢复原状。自那以来再不曾为头发所困扰。或许迟早还会为什么事情卷入巨大纠纷之中，致使头发再次脱落，但在那之前我打算不对鸡毛蒜皮的小事耿耿于怀，不超负荷工作，从从容容地过日子。

何谓中年（二） 关于肥胖

上个星期讲了脱发，这回写一下肥胖。不是多么开心的话题，没情绪看的话，不看就是。

人到中年（我三十六，情愿也罢不情愿也罢，已进入中年初期之列），最伤脑筋的就是稍不留神便脑满肠肥。二三十岁时再多吃多喝，体重秤的指针也不至于超过六十公斤这条线，但近来稍一马虎就陡然达到六十五公斤，吓一大跳。看来，年纪大了，"吓一大跳"的体验也将与日俱增。无可奈何。

前一段时间因为全力以赴写长篇小说，舍不得时间，于是中止了散步，结果今年二月我的体重就跨入六十六公斤这一未知领域。运动不足，加上写作紧张带来的多食多饮，不肥才是怪事。体重到了这个程度，全身上下沉甸甸的，要费一番周折才把肢体塞进29号裤子。这么着，三个月来我一再减肥，好歹把体重降到五十九公斤。打算再加一把劲，争取牢牢锁定在五十八公斤左右。我身高一米六八，这个体重活起来最为惬意。从我的经验来说，一个月减掉两公斤并不需要付出很大努力。尽管如此，"肥易瘦难"这个原则也是同样适用的。换个说法就是："通往肥胖的道路是平坦的，而减肥之路是崎岖的。"

当然喽，由于体质的关系，也不是说到了中年统统发胖。例如安西水丸君是比我大一轮（或半轮）的中年人，然

在做法事、婚礼等亲属聚集一堂的时候环顾四周，觉得很有意思

真是各种各样啊

而他总是那么瘦，叫我羡慕不已。还有，我家里那位也是绝对胖不起来的体质。

胖与不胖的体质，我觉得很大程度上是遗传因素的作用。关于这点，在做法事、婚礼等亲属聚集一堂的时候环顾四周即可看得明明白白。以我为例，我这边的亲属，多数人的体型纵使不算肥胖也是圆乎乎的，而老婆的亲属则大体苗条瘦削。所以偶尔出席一次法事，我都要重新下决心鼓励自己健身："非认认真真锻炼不可，否则不可收拾。"松本清张早年有一个短篇小说，讲的是由于小手指短（大概这样）而背负薄幸命运的一家的故事——近来我非常理解那一家人的心情。人生这东西本质上就是不公平不平等的。一种人通过努力才能得到的东西，另一种人不努力就能到手，这不是不公平不平等又是什么呢？写到这里不由渐渐气恼起来。

不过另一方面——这么说是不大好——老婆的家族里不少人死于癌症。相比之下，我这边亲戚死于癌症的人几乎没有。至于肥胖与癌症是否有连带关系我不得而知。总之家族是非常值得研究的东西。我也偶尔应邀参加婚礼，那时候我就逐一观察和比较分列会场左右的两家亲人的长相和体格来打发时间。若有此机会，你也最好试一下，绝对有趣。

对了，世上似乎有很多人为肥胖而烦恼，书店里减肥秘诀方面的书齐刷刷比肩接踵，好像有不少成了畅销书。我也拿过几本翻看，但以我的感觉来说，堪称金石之论的一本也没有。翻看三本，上面有三种减肥法，主张各异甚至完全相反，这样的例子太多了。还有的主张相当极端。在减肥营养学尚未完全确立的现在，倘若依赖过于片面的疗法，有的人将遭遇很大危险。

总的说来我喜欢钻牛角尖，对于减肥和保持合适体形做过相当深入的研究，得出的结论是：如同人的长相和性格有各种各样，人的胖法也林林总总，不存在人人适用的减肥方法。所以，只能根据自己的体质、饮食生活、职业和收入摸索适用于自己的方法。如果能像美国那样有个处于精神科医学权威立场的营养科医生分别听取每个人的情况，然后提出适合对方的减肥方案，我想是很理想的。但不可能一下子达到。为今之计，只能用杂七杂八的减肥书应付一下。

不管怎样，在法国风味餐馆只吃正餐而舍弃甜食的懊恼都是笔墨言词所难以表达的，不这么认为？

关于学习

　　粗线条地分来，世人有"喜欢并擅长教给别人东西的人"和"喜欢并擅长从别人那里学东西的人"两种。二者都不擅长的人想必也有，但大体说来应该可以分成以上两种。

　　总的说来，我属于喜欢被人教的类型，要教给别人什么则全然做不来。所以，有人找我讲演或去文化学校讲"小说写法讲座"，我总是辞而不就。若问世间有什么不幸，再没有比置身于不擅长教人东西这一立场的人更不幸的了。不说别的，光是想到被我教过小说写法的人往下将怎样写小说这点，脑袋都一阵发晕。教的人也许不幸，被教的人同样也相当不幸。

　　美国的大学里有"创作专业"（creation course），由作家在那里向学生讲授小说的写法。我没亲眼见过，准确的说不来，但情形大体是十来个学生每星期聚一次，发表自己写的短篇小说或就此进行讨论，作为教师的作家修改学生作品，提出如何重写的建议。

这项制度的好处是学生可以接触到专业作家，接受实战性建议，同时作家的收入也得到保证。作为教师的工作量不是很多，作家可以把课余时间用于自己的创作。这项制度作为教育手段有多大效用我无从判断，不过我想日本的大学多少有此制度怕也未尝不可。我虽然横竖胜任不了，但若将擅长教的作家和擅长学的学生合在一起，理应产生相应的效果。"大学课堂上岂能学到小说写法"这样的意见我认为还是过于片面的。人——尤其年轻人——可以从任何地方学到东西，即使那地方是大学课堂，应该也没什么不妥。

只是，我本身不大中意学校那种地方，没好好用过功，总的说来是个抵触情绪相当强的学生。上初中只记得挨过老师的拳头，高中时代不是打麻将就是和女孩子厮混，一晃儿混过三年。进了大学碰上学潮，学潮告一段落后，还是学生就结了婚，往后就忙于应付生计了。回想起来，全然没有安下心来认真学习的记忆。尤其是早稻田大学虽然上了七年之久——这点绝对不错——但东西则什么也没学到。说起在早稻田大学得到的东西，只是现在的老婆，问题是找到老婆并不足以证明早稻田大学作为教育机构的出类拔萃。

我喜欢学东西是在大学毕业出来成为"社会人"之后，这也许是因为学生时代玩得昏天黑地，因为学校这一制度性质上原本与我不合，因为我属于能从自发地做什么上面发现价值那一类型。这么着，我开始利用工作余暇吭吭哧哧翻译自己喜欢的英文小说，或跟熟人学法语。不仅如此，即使工作当中也在努力观察人们的行动、注意倾听各种各样男女的说话。

听人说话非常有趣。世间有形形色色的人，有形形色色的想法，其中既有令人心悦诚服的见解，也有毫无意味荒唐可笑的想法。但是，纵使是毫无意味荒唐可笑的想法，细听之下也可得知它是好端端地建立在一定的价值基准之上的。总之，只要自己这方面表现出后退一步听其说话的态度，大部分人都能在很大程度上对你推心置腹。当时我还没想到写什么小说，但这种学习体验对日后写小说有很大帮助。而这是大学里学不到的。

我猜想，如果年轻时学习学过头了，长大成人后就有可能发生"学习中毒症"或"学习过敏症"。

鲸鱼加工场里的少年时代(水丸)

"学习过敏症"指的是虽然学生时代学得发疯，但走上社会后只顾东躺西歪看电视；而得了"学习中毒症"的人反正非学点什么不可，不然就坐立不安。

说到底这都是别人的活法，怎么都无所谓，不过我个人比较喜欢小时候尽兴玩乐的人。从画风推测，安西水丸大概就是少年时代活得相当优哉游哉的人，是不是呢？

家电之灾

偶尔翻阅报纸杂志，看见一篇报道说有很多东西被发现或发明出来。有的令人"嗬"一声佩服，也有的全然不知所云。例如"东京大学理学院××博士通过电气处理成功地将日本猴的脑下垂体进行了阶层化"——究竟说的什么，完全叫人摸不着头脑。当然这个例子是无中生有。

不过，即使令人"嗬"一声佩服的那一类，有的我也根本不能理解它是依据何种原理、经过怎样的阶段才得以成立的。我向来对化学物理束手无策。

这些发明或发现想必是这样鼓捣出来的：

① 有某种需求。

② 为满足这种需求而进行相应的理论探索或尝试。

③ 导致发明或发现成功。

可是，就算①和③好歹能够理解，②那部分也因其太难而一头雾水。所以，无非认识到①有此需求②如此这般③某劳什子弄出来了这个程度罢了。以录像为例：

① 希望有个东西把图像简单录进磁带。

② 如此这般。

③ 录像机出来了。

至于录像机是建立在怎样的原理之上的，我根本解释不了，但日常生活中我能够大体自如地使用录像机并视若珍宝。若是瓦特的蒸汽机、马尔克尼的电信装置或莱特兄弟的飞机，我好歹能理解其原理，及至更高级的技术，对我来说就差不多如坠云雾了。

问题是，我想身陷如此窘境的——决非随便征求同伙——并非我一人。就拿日常使用的那种两三千元即可买到的袖珍计算器来说吧，为什么那么小的玩意儿就能算出 $\sqrt{13} \times \sqrt{272}$ 呢？能够解释得头头是道的人想必为数不多。我猜想世上一般人大概都是和我一样认为"反正就是这么个东西"而照用不误。

如此看来，在工业技术方面我们有可能处于绝对君主体制之下。某一日忽有如同"圣旨"的新发明新发现从空中飘然降下，大家七嘴八舌嚷道"这是怎么回事？/弄不清楚啊！"尽管如此，毕竟"皇上说的不会有错"，照例泰然接受。我觉得至少在工业技术方面已完全终止了示威抗议行动。

如今我家里有两台普通唱机、三台录放机、一台调频收音机、两台盒式磁带录像机、一台激光唱机，每天简直是人间地狱。先把三台录放机接在声频选择器上，盒式磁带录像机和激光唱机接在视频选择器上，再把调频收音机的输出功率输入视频选择器，使其能够进行高质量录音。接着把视频选择器的输出功率输入声频选择器，以便复制在音响磁带上。又把调频收音机电源插进音响定时器……想着想着，脑袋渐渐乱了套。假如有人问"能否一边听唱片一边把调频广播录进录放机同时复制在磁带上"，我就得想好一阵子才能得出结论，而得出的结论又屡屡出错。即使盯视画在纸上的配线，脑袋里还是一团乱麻。老婆一开始就放弃了这些努力，手根本不碰音响装置。

最麻烦的是搬家时候，光是把器材摆成一排重新配线就

要忙活一天。"呃——，这输出功率是这里的输入……"如此干着干着，心里不由绝望起来：我干嘛非干这个不可？高中时代第一次连接音响系统时世界单纯得多，只要把唱机、音箱、综合放大器（有那东西来着）连在一起就完事大吉，往下舒舒服服听音乐就是。而眼下必须蹲在就好像把足够五个人吃的意大利面条撒在地板上那般乱糟糟的软线堆里忙得天晕地转。这个不叫 democracy（民主政体）之死又能叫什么呢！

关于错误

以写东西为职业以来，我感受最痛切的就是"人必犯错误"。当然写东西之前日常当中也犯各种各样的错误，似乎没必要现在才痛心疾首，只是写东西之前的错误大多是道歉一声即可了结的东西，对方也会认为事出无奈而予以原谅。

但是写起东西来，错误就切切实实留在笔后且广为传播，就算觉察到了也不可能向每一位读者道一声"对不起"。虽说是自己造成的，但也相当不是滋味。而另一方面——这么说或许不当——对别人的错误和失败好像变得较为宽容了，一般不至于举出别人的失言加以攻击："喂喂，你上次不是这么说的么，嗯？老了？"由此之故，十四年来我得以过着基本风平浪静的婚姻生活。

文章的错误里最成问题的是翻译。因为有原文原著在那里，外语比我好的人将译文同原文仔细对照，细小错误任凭多少都手到擒来。

日前接到葛饰区森下先生的明信片，指出"您译文中将a couple of weeks 译成'两天'，恐是'两个星期'之误吧?"无论谁怎么说这都的确是我的错误，十分抱歉。另外我也不怕丢丑，我还曾把"twenty one"译成"31"，把"bald"错当成"bold"。全然不明白为何犯下那样的错误。学生时代老师好几次在答题卷上写道"无谓的错误太多，认真重看一下"，看来这种性格倾向年纪大了也很难改。

不过——对不起，这么说像是自我辩解——为译对一个句子、一个词而整整折腾一天的时候也是有的，这点务请理解。好歹通过这样的关口进入比较简明的部分之时，由于舒一口长气而发生简单错误的情况实在数不胜数。当然，事后也几次对照原文看译文，但因为脑袋里有"这种地方不可能出错"的念头，以致校对多少遍都未发现错误。伤脑筋! 越想越冒冷汗。

有的误译不用别人指出，自己事后也会愕然发觉。钻进被窝熄灯发呆时突然心想那里不对而跳下床去的时候也是有的。这种情况下的错误一般不是一时疏忽造成的小错，而大多是非同小可的大错，因此冒的冷汗也比前者多出许多。大错且不说了，而若将我因疏忽造成的无数小错尽可能搜集起来进行病理分析，我想未尝不能成为相当有趣的研究课题。因为并不限于文章，日常生活的所有侧面我都错误百出，错得难以置信。例如想小便时误进浴室冲起淋浴，折回房间突然觉得不对头——哦，奇怪呀，怎么还想小便？身体出了毛病？此类匪夷所思的错误成了家常便饭。相比之下，把twenty one 译成"31"未尝不可以说是突发神经。所幸我没当编辑去编制列车时刻表和电话号码簿。

不止翻译，自己写文章时也屡屡错得一塌糊涂。但总的说来，我不是罗列数据摆开论战架势那一类的写手，也不写真人真事小说和人物传记之类，不会严重伤害到谁，所以大多数错误和张冠李戴都能一笑置之。

前几天接到一封信，告诉我昭岛市一位姓冈村的先生写信给某杂志，说我小说中出现的"大众车的散热器"这个说法莫名其妙。对于汽车我不大清楚，问人才知道大众"甲壳虫"的确没有散热器，又一个错误。

不过，若问我是否弯腰低头道歉，我要说从没那样的事，同样是笑笑蒙混过去。为什么呢？因为这是小说。在小说世界里，即便火星人腾云驾雾，大象小得跳上人的掌心，大众"甲壳虫"装上散热器，贝多芬创作了第十一号交响曲，那也毫不碍事。反过来说，如果你读小说时能心想："啊，是么，原来这是大众'甲壳虫'安上散热器世界里的故事!"我会非常欣喜。

即便这样也还是不能忍受错误的认真人士，那么请读近日出版的英文版《PINBALL，1973》①，那上面已完全改正过来了——请多多宣传！

---

① 即作者的小说《一九七三年的弹子球》。

"夏天的结束"

　　夏天即将结束。我是个大大喜欢夏天的少年老伯（近来使用这个说法大多带有自嘲意味），所以夏天结束让我相当伤感。即使自己告诉自己说夏天那东西反正明年还会来的，可是一想到海滨的小屋即将拆除，想到眼前飞来飞去的红蜻蜓和海岸上有增无已的身穿潜水衣的冲浪手等种种好景好事即将消失，心里也还是非常不好受。这样的念头几乎和小孩子毫无二致。

　　日前去附近一个在某广告公司上班的熟人家玩，他太太出来说："对不起，夏季休假结束，今天开始上班了。"对方这么一说，我不由悲从中来：是么，夏天结束重新上班去了！仍然游泳晒日光浴放焰火听"沙滩男孩"看人冲浪懒懒散散东游西逛的人怕是只有我了。我也有小说必须在九月初交稿，然而一行也没写。这样下去合适吗？夏天结束叫我心里好难受。

于是我说"上班可够受的吧？""是啊，临出门大嚷大叫，说什么讨厌穿长裤子……"太太应道。这种人的心情我可是感同身受。夏天嘛，原则上应是穿背心短裤喝着啤酒度过的季节。这两个半月我也只穿过一回长裤。想到他因夏季休假结束而不得不穿长裤的心境，虽说事不关己，却也觉得不胜可怜。热得跟蒸笼似的，公司也应该允许人家穿短裤上班才是道理。既然存在那种怎么看都不顺眼的所谓节能西装，那么公司员工穿短裤上班又有什么问题呢！

我这么一说，同样在公司工作的一个熟人吃了一惊："穿短裤上班公司不可能准许的。我整个夏天都穿长袖衬衫，晒黑了是不可以的。"

此人从今年春天开始在保险公司负责接待客户。因为接待客户故而须穿长袖衬衫这点我也不是不理解，可是晒黑了如何如何就莫名其妙了。我一次也没去公司上过班，实在不晓得公司的组织结构和运作方式。

"跟你说，不是要跟客人说话的么，"他解释道，"那时

夏天的结束让人寂寞

如果我晒得黑黝黝的，有人就会想，原来这家伙用我们支付的保险金到处游山玩水。这一来，我们的买卖势必招致客户的反感，而这是不行的。所以不能晒黑。我这不是挺胖的么，结果有人奚落说我们赚得盆流缸满，成天肉山酒海吃得脑满肠肥。难办啊！其实我是什么也不吃都胖的。"

如此这般听来，不禁大为同情，原来大家都活得颇不容易。此人去年还到处玩游艇潜水，晒得漆黑漆黑，所以更叫人于心不忍。看来，人这东西要随着成长而一点点失却夏天的乐趣。

小时候，由于家离甲子园球场较近，每到夏天就骑上自行车去看高中棒球联赛。高中棒球赛的外场席不要钱，对于孩子简直是天堂。一边或舔塑料袋里的小冰块，或用吸管吸里面融化的水，或放在头顶降温，一边看棒球，一看一整天，百看不厌。在电视上看高中棒球赛，总有啰啰嗦嗦可有可无的讲解或者播音员一个人兴奋不已，相当煞风景。但实际去球场观战就不同，好得不得了。我不喜欢电视上的高中棒球，基本不看，却很想再去一次甲子园。尤其在外场席，四周座位没有多少人，可以随便一些，感觉上就好像高中生们在远处打来打去。什么青春啊汗水啊泪水啊一概没有，至少对我来说高中棒球就是那个样子的。

高中棒球联赛决赛完了、闭幕式完了、啦啦队卷起彩旗陆陆续续撤走——到了这时候，即使小孩子也感觉到夏天告一段落了。不知为什么，闭幕式完了走出球场时，总有红脑袋蜻蜓在头顶上飞舞。对于少年时代的我来说那是夏天的结束。到了这个时节，甲子园海滨也好芦屋海滨也好都不怎么能游泳了，暑假作业也必须真正用心对待了。至此大凡好事统统结束。

连我自己都时常不可思议：为什么那么喜欢夏天呢？理

由至今也没想明白。

　　附言：有一张几乎不报道高中棒球联赛的全国性报纸也未尝不可。若有，订阅也未尝不可。

无用物的堆积

　　我想我对东西并没有太多的执著，又没有类似收藏癖的毛病，但稍不留神，身边还是很快堆满了各种各样的东西：唱片、书、磁带、小册子，以及文件、照片、钟表、伞、圆珠笔等等物件。有的东西是因相应的必然性而增多的，有的则没有任何必然性。但必然性有也好没有也好，此类物件反正就是要自动增加下去，以我们有限的力量阻止其流程甚至是不大可能的，我觉得。

　　这种无用物增多的倾向年轻时候不甚显著，可是在人生越过某个临界点之后突然以明确的形式出现在了我们面前。不管我们喜欢还是不喜欢，身边的东西硬是越堆越多。既有别人给的，又有自己花钱买的，也有想不起来是给的还是买的。有的多少有用，有的几乎没用。但这些包围我的东西有

一个共同特点，即"不能简单地一扔了之"。

例如家里共有五十多支圆珠笔。若问我何以圆珠笔有五十多支，一下子我也答不上来。写作中我基本不用圆珠笔，用在写作之外的日常生活中，也不外乎往手册上记点什么或在信用卡上签字什么的，所以几乎没有特意在文具店买圆珠笔的记忆。尽管如此，圆珠笔依然有增无减。而且每支圆珠笔的油管都只下去一二厘米。这样，作为我也只好听之任之，反正圆珠笔这东西就是要自行其是繁殖下去增多下去的。

问题是准确说来圆珠笔当然不可能自行繁殖（果真那样，理应依据孟德尔定律有红蓝混合和黑蓝混合的圆珠笔存在）。细想之下，增多自有增多的若干充分理由——作为纪念品领来的、某某人忘下的、把旅游宾馆里的东西作为礼物拿回来的、外出时想起忘带笔了而临时在书报亭买的（毕竟便宜）……于是五十多支圆珠笔通过如此途径犹如夜间雪片静静地堆积在我的家中。每次搬家时目睹眼前的一捆圆珠笔，我都打心眼里涌起厌恶感。五十多支圆珠笔，一辈子怕都用不完。

却又不能嫌不用部分的圆珠笔碍事而一扔了之。把油墨仍处于堪用状态的圆珠笔扔进垃圾篓乃是需要和用矿泉水刷牙同样勇气的行为。所以，纵然搬家次数再多，圆珠笔的数量也绝对不减。不时冒出念头期待油墨凝固而再无法书写，不料一支支试起来几乎没那回事，令人扫兴。或许是近来圆珠笔质量提高了之故。

好在圆珠笔增加再多也一不沉重二不占地方，不至于构成眼睛看得见的实际危害。问题在于书和唱片。由于写作的关系，书的数量突飞猛进，唱片没有数过（没心思数）说不准确，但总共应该差不多有三千张。三千张说起来容易，而听起来一张正反两面四十五分钟，全部听完至少需两千两百小时。总之一句话，如此数量的唱片无论怎么看都不需要。搬家一次累死一次。我切切实实觉得要想个办法才是。

"这样好不好：买十张新的卖十张旧的，反正听不了那么多。"老婆提议道。我也认为此言极是。可是作为现实问题却没那么容易。想到这张有点罕见、那张是读高中时买的可作纪念、那张虽不常听但有一首正中下怀……最终库存一张也没减少。束手无策。

说实话，因几个月后又要搬家，眼下正千方百计削减五百张唱片五百册书。但看样子事情没那么顺利，一如以往。

关于采访

一段时间里——最近倒没有——我喜欢看美国版《花花公子》里面的"花花公子访谈"，几乎每期都看。这个访谈系列尽管有的好一些有的差一点儿，但总括起来我想平均分是相当高的，至今仍清楚记得库特·冯尼格特和梅尔·布鲁克斯等人的访谈。

近来固然不太罕见了，但过去以这么大的篇幅让对方唠唠叨叨的采访报道只此一家，因此唠叨的人也唠叨得相当投入，结果大多数时候都能一如标题所示成功地套出"肺腑之言（candid conversation）"。

当然不是说只要时间长对方就能实话实说，因此都事先大致设计好程序，策略也很不含糊。若不然，长时间采访势必只留下一堆无聊的废话。这就要看有无采访本领了。

"花花公子访谈"的基本策略是这样的：

（1）指定熟悉某领域的人物进行采访，杂志隐去个人名字。

（2）采访时原则上最好对采访对象怀有七分好感——或者至少让对方有此感觉——其余三分用于挑衅。

（3）语流不断不滞，发问简洁。

当然这是《花花公子》的策略，不能生搬硬套到其他所有采访中去，不过说至少这三点是使一般采访获得成功的关键，想必是不会错的。

也可以换个说法：

（1）不使对方看不起自己（什么呀，连这都不知道?）。事先详细查阅资料。

（2）让对方放松，诱使其说话，并不时泼冷水。

（3）不受程序制约，根据对方发言随机应变，不断深化主题。

当然喽，说起来容易，而实际做起来再没有比这个更难的了。我本身也对采访有兴趣，采访过几次，都不很顺利。

反过来就被采访一方而言，能够欣然觉得"啊，真是一次有收获的好采访"的时候也为数不多。不用说这方面我也有一定责任，并非要把原因推给采访本身，不过多数时候的确都感到意犹未尽。

日本采访最大的问题点，我认为在于过于拘泥事先准备好的程序。问题来了，开始回答，正想进一步展开，突然给来了一句"那么下一个问题……"令人大失所望。常有这种情况。我有时会为应付场面而随便说点什么，有时即便算不得信口开河却也够出言不慎的了，另外含糊其辞的时候也并非没有。而这种时候乘虚而入——尽管会觉得尴尬——的人几乎没有（不是绝对没有）。这样没了紧张感，我这方面也越发顺水推舟了。

当了好几年小说家，接受了几十回采访。结果，我这方面也有了对什么提问该怎么回答的模式，说轻松也轻松，说无趣也无趣。我认为小说家这玩意儿写的东西就是一切，尤其是我这个人自我防卫能力又强，问到什么很难乖乖说心里话，所以稍不注意，谈话就朝着六分真实四分自卫的方向迅速推进。若是三七开，访谈就会有些意思，而若是二八开，就未免觉得——自己说是不大好——会暴露出自己都不无震惊的内容。

另外，事先做好周密准备的采访似乎不是很多。办刊物的人都忙，想必难以做到，反正很少有人带来的问题可以让我心里"咯噔"一下蒙混不了。也许人家是出于友好，作为我倒是求之不得。

采访中问的事项大体千篇一律，问的次数最多的是以下三点：

（1）几点起床几点睡觉？

（2）书写工具用什么？

（3）和太太在哪里相识的？

我时常纳闷：问这东西能有什么用呢？但既然大家都问，想必有其意义。

人们为什么不读书了

和过去相比，去书店的次数好像明显减少了。

为什么不去书店了呢？理由是自己开始写东西了。看见书店里摆着自己的书总有些难为情，而不摆也不好办。这么着，脚步就彻底远离了书店。

另外也有家里书实在太多的原因。还没看的书都有几百本之多，再叠床架屋未免有点傻气。也打算把现在堆起来的书山处理掉，再去书店物色想看的书，却不知何故，书非但全然不减，反而继续增多。虽然不是《银翼杀手》(BLA-DERUNNER)，但我也希望有个"阅读代理机"什么的。那东西一本接一本读书，集中告诉我"主人，这本好，应该看"，"这本有必要看"，那一来我会大大减轻负担。不是阅读代理机也没关系，身边有个精力充沛又有时间且对书籍富

曾几何时,有专门劝人读书的人生咨询,莫名其妙(水丸)

有见识的人也可以,但显然是异想天开。

不常去书店的另一个理由是新翻译的外国小说数量眼看着减少下去了。科幻啦侦探啦冒险小说啦固然相当之多,但这类东西委实玉石混淆良莠不齐,即使我(一段时间曾看得入迷)近来也很少伸手了。仔细查看,发现新出的翻译小说少而又少。出版社里的人说纯文学翻译几乎——或者不如说根本——卖不动。总之情况令人遗憾。

还有,我本身阅读时间的减少也是个原因。最近每次见到出版社的人,都听到他们异口同声地抱怨如今的年轻人不好好沉下心来读书。我也随声附和说"是吗,那不好办啊"。但回想起来,发觉自己也不怎么读书了。十几岁的时候,《卡拉马佐夫兄弟》、《约翰·克利斯朵夫》、《战争与和平》和《静静的顿河》分别看了三遍,想来真有隔世之感。当时反正只要书有厚度就欢天喜地,甚至觉得《罪与罚》的页数都不够多。同那时比,如今的阅读——尽管有随着年龄增长而老读一本书的倾向——已减少到了五分之一。

为什么如此不读书了呢?完全是因为用于读书的时间减少之故。总之被读书以外的活动占去了不少时间,致使能够读书的时间相应减少。例如跑步每天一个半至两个小时,听音乐两个小时,看录像带两个小时,散步一小时……如此算计起来,安安静静沉下心读书的时间就所剩无几了。出于写作需要,每月倒也如醉如痴地看上几本,但与此无关的书老实说近来压根儿没看,很伤脑筋。

不过我想,陷入这种状况乃至倾向的人决非我一个。近来年轻人之所以不怎么读书了,我猜想原因恐怕同样在于把大比例的钱、时间和精力花在了读书以外的丰富多彩的活动上。我年轻那阵子——这么说好像马上成了老头儿——总体

上剩余时间颇多，比较容易产生读书的心情：没办法，看本书吧！当时没有录像带，唱片相对较贵买不了多少，体育活动不像现在这么兴盛，时代气氛也偏重理性，不把某种书籍看到一定数量容易被周围人瞧不起。

可现在，"你说的什么？那玩意儿没看过，不知道"——如此情形畅通无阻。一来此外要干的事很多很多，二来足以表现自己的场所、方法（如媒体）等等一应俱全。最终，"惟有读书好"这种神话般的媒体的时代迅速寿终正寝。如今，书不过是各种并列的媒体中的一员罢了。

至于这样的倾向是好是坏，我是不晓得。大概一如其他社会现象，也无所谓好与坏。我个人认为教养主义、权威主义风潮逐渐消退——的确正在消退——并非可喜之事，作为一个写书人当然为大家不怎么读书感到遗憾，但另一方面，我想我们（与出版有关的各类人员）通过转变意识和体制来获取从新地平线上的新种类优秀读者，也应该是可能的。老是哀声叹气也无济于事。

关于酒（一）

总的说来，我大多是自斟自饮。在家里一个人边听唱片或看录像边一小口一小口喝威士忌或葡萄酒，上街时也一个人一晃儿溜进酒吧那样的地方喝两杯回来。当然我没得自闭症（前些日子时隔三年出席一个同行的酒会，一个女作家吃了一惊："怎么搞的，村上也参加酒会，没得自闭症嘛!"），也和别人一起说说笑笑喝酒，不过就次数而言，自斟自饮的时候占了绝大多数。一来因为本来交际不广，二来由于住在地方城市。重复一遍，我绝对没得什么自闭症。我若是自闭症，那村上龙也是自闭症。

当然喽，虽说一个人喝酒，但也不像菲利浦·马洛或《卡萨布兰卡》里的汉弗里·博加特那样冷冷地中规中矩地品尝，相对说来算是呆愣愣地喝。静静地自斟自饮和冷冷地

自斟自饮，看上去是截然有别的。以阪神 Tigers[1] 打比方，就如同真弓和冈田的区别。说话不装腔作势，双排扣风衣领子不竖起，也不瞪视虚空中的某一点，单单呆愣愣喝酒罢了。所以也没出现（不可能出现）一个女性说"替我给那边那个以寂寞眼神喝酒的人斟上一杯"。

为什么这么呆愣愣的呢？首先因为我右眼和左眼的视力相差很大，所以在外面一般场合的时候，我总是收紧两眼的肌肉，人为地（当然极其自然地）把两侧的影像合在一起。可是进酒馆一个人喝起酒来，肌肉自然放松，于是产生了"冈田现象"，整张脸都呆呆愣愣的。

在自己家时也一样，老婆因而训斥说"你干嘛和我在一起的时候总像个傻瓜蛋似的？"可我毕竟不能一天二十四小时都绷紧神经。

第二个原因是以前长时间在酒吧里劳作。当过调酒师的人都晓得（《周刊朝日》的读者里有几个当过调酒师[2]，这可是远远超出我想象力的问题），若有人在吧台边独自冷冷

---

① 日本阪神职业棒球队的爱称（老虎）。
② 本书原先连载于《周刊朝日》杂志。

地喝酒，作为劳作的一方是相当介意的。

说清楚些，常常触犯神经。对方是客人，又没给别人添麻烦，说无所谓也无所谓，可是有一个表情冷漠的人坐在眼前，心里总是不踏实，常常打坏酒杯或弄错鸡尾酒比例。所以我作为客人时宁可选择发呆也不选择冷漠。对调酒师来说，呆呆喝酒的客人是最理想的客人，毕竟听之任之即可。

我染上如此自斟自饮的毛病以后，酒吧里若有女孩子坐在旁边搭话就十分为难了。一来弄得眼睛相当紧张，二来必须搜索话题。我这人和第一次见面的人天生说不好话。

前几天住进宾馆写作的时候，半夜十一点想喝啤酒，一晃儿走到街上。在宾馆的酒吧里喝也可以，但总觉得街上的灯盏更有情调。于是走进闪入眼帘的一家酒吧，要了杯啤酒。一个一身黑制服的男侍蹑手蹑脚把啤酒端来，我心里不由叫苦。果不其然，一个身穿超短裙的女孩随后来到我身边坐下："您好，一个人?"弄得我特伤脑筋。我只是为了缓解写作紧张而一个人呆愣愣地喝上两三杯啤酒，这种时候身边若有这方面的行家里手安西水丸君，我就能虚晃一枪逃走，但一个人很难那样做，于是只好搭讪着说话。

村上也真够意思(水丸)

在酒吧同女孩说话最头痛的是被问起工作内容。对方也不是经常同初次见面的人交谈，所以职业势必接在天气后面成为话题。可我刚放下工作想轻松一会儿，不想边喝酒边谈什么工作。于是我搪塞道："呃——，怎么说呢，算是自由职业吧……"这一来话题马上告罄。谈棒球的时候也有，但酒馆里面黑乎乎的，谈 Yakult Swallows 只能让人心情愈发黯淡。

如此不咸不淡半聊不聊之间喝罢三瓶啤酒，走出门去。我累了，女孩怕也累得够呛，很让我过意不去。

附言：忽然想起，若有"织东西酒吧"什么的该多妙——女孩子全都闷头织东西，邻座客人静静喝酒。

"织什么呢？"

"唔——手套。"

这样我也好安心喝酒。

关于酒（二）

过去刚开始写小说的时候，当时的《太阳》主编岚山光三郎一次跟我说："噢，村上君，你好像一直喝啤酒，这是因为还年轻。等年龄到了一定程度，嗜好就会从啤酒转到别的酒上去，绝对。"

"哦，是那样的吗？"那时半信半疑。但在过了六年多的现在，细想之下，啤酒在整个酒量中所占比例果然在一点点减少。

更准确地说，虽然所喝啤酒量本身变化不很大，但此外喝的威士忌和葡萄酒量增多了。我年轻时候不怎么喝酒，胃原本结实，所以随着年龄的增加，开始像一般人那样（或比一般人更厉害）喝起了其他酒。工作告一段落端起酒杯时的心情的确是人生微小而实在的乐趣之一。外国谚语说"人生幸事只有三，饭前一杯酒，饭后一支烟"，非常有说服力。

不过环视前后左右，发现年龄增长酒量亦随之增长之人并不很多。我的同代人大多内脏有某种不适，只喝两三杯就告饶说喝不下去了。年轻时酒量大的人大多如此。一如投球用力过猛的投球手损伤肩膀，年轻时喝酒过量内脏必然疲劳。加之在公司工作的人到了三十五六岁多多少少处于管理职位，既有心理压力，又有对妻儿的责任，对健康势必较为注意。人生，在能尽情喝酒的时候才是灿烂的。

每次在涩谷站前广场之类的地方目睹一饮而尽捧场起哄的学生哥儿，我都会想象：再过十五年，这些人将有一半左右衣袋里揣着药瓶喝酒。这么一想，就从他们的哄闹声中听出了世事无常的况味，别有感慨。

当然，我在学生时代也有个时期天天在附近的酒馆里喝得烂醉。喝的多是廉价日本酒，"咕嘟咕嘟"猛喝，自然烂醉如泥。哪个醉倒了，便从大学校园找来"打倒美帝"的标语牌当担架，把他抬回宿舍。那标语牌还真管用，虽说有一次抬到半路裂开了，脊梁骨重重摔在了茶花山庄旁边的石阶上。

但是，这样的胡作非为四个月也就结束了，自那以来再没有——可以说绝对没有——吵吵嚷嚷耍酒疯。总之是和他们关系变坏了，但也因此之故，我的胃得以日愈完好，直至今日。吃什么都好吃，喝什么都不醉，也不烧心。我猜想我的胃保准颜色光鲜，如海豚一般光溜溜紧绷绷，放在海里没准能游到什么地方去，遗憾的是无法实际瞧见。

话回到酒上来。现在我几乎不喝日本酒，此乃学生时代喝日本酒连连喝醉的后遗症。其责任百分之百在我，不在日本酒。倘若因不喝日本酒而受法庭审判，我打算放弃任何自我辩解甘心伏罪。

与此相反，若去啤酒国度，我理应享受 VIP① 级贵宾待遇。个人消费量出类拔萃，在小说里也大加宣传和声援。我知道有好些人看完我的小说马上跑去啤酒屋买啤酒。小说质量如何另当别论，至少某种效用是有的。

葡萄酒前不久才真正开始喝，现在也全然不在乎什么"不冻液骚动"而喝得淋漓尽致。本来我不大喜欢葡萄酒，

---

① very important person 之略，最重要人物。需给予相当于政府要人、国宾、皇族等级别的特别待遇的人物。

但在应邀跑去山梨的葡萄酒厂的时间里彻底喜欢上了。话虽这么说，其实我喝的葡萄酒不是什么高档货，无非买了加利福尼亚的葡萄酒用矿泉水兑上，挤上柠檬汁当果汁咕嘟咕嘟喝进去，喝法相当野蛮。因把理查德·布罗提根弄成酒精中毒而知名的那种带把大号酒杯一看都给人粗野之感，正好用于这个目的。若想慢慢品味，罗特希尔德（ROTHSCHILD）红葡萄酒再好不过，可这东西一瓶超过两万日元，很难随便受用。

威士忌我喜欢价格较高的，每次去外国都免税买回"芝华士"和"野火鸡",主要加冰兑水来喝。

对了,我住的这个地方每月只收一次空瓶空罐。届时得把一个月喝的葡萄酒、威士忌和伏特加的瓶子和啤酒罐拿去指定地点扔掉,由于量相当大,需双手拿袋往返两三次。每次都让附近一位监督扔法的太太吃一惊:"你可真能喝啊!"月月被人家这么说,心里挺不是滋味的。

附言:不知何故,近来大大喜欢上了日本酒,大白天就在荞面馆一小口一小口啜的时候多了起来。若是水丸君,肯定会说"村上君也长大了嘛!"真的?

政治季节

　　有生以来从未投票选举过谁。你问我为什么，我很难用一句话准确回答，只能支支吾吾："呃——，为什么呢……"反正我不投票。如果你说那岂不等于放弃国民权利，我也认为怕是那样的。可我还是不投票。并非对政治不关心或没有意见，但就是不投票。

　　据说，希腊在法律上将投票选举作为国民义务规定下来，无正当理由弃权将被剥夺所有公民权。日本因为没有这等事，所以不投票也能基本和常人一样过日子。至于作为制度哪个妥当，想必议论多多，我个人认为还是日本的做法好些。有投票的人，有不投票的人，什么人都有。我身边就有不少人不去投票选举谁。

　　他们（包括我）不去投票选举谁的原因大体相同。第一，候选人的档次不值一提。第二，现行选举内容本身相当可疑，无法信赖。尤其我们这代人大多体验过"street fighting"（街战），一直被煽动说"选举是欺骗"，因此年纪大了稳重下来了还是很难自然而然地去投票站。不和政党隶属发生关系而单枪匹马作战的心情也是有的。而若问做了什么，则几乎记不得了。

不过并非从根本上否定选举制度。假如某种有明确的争论之点，且没有现在这种政党隶属模式，我想我们将去投票。然而迄今为止这样的局面从未出现。有人说弃权者多意味着民主主义的衰退，若让我说，民主主义衰退的原因乃在于未能提供这一局面的社会体制本身。以所谓正论把责任完全推到弃权者身上是说不过去的。叫我去投票站从负4和负3之中选一个，我是不去的，才不去呢！

住在千叶的时候有地方选举。我正在院子里逗猫玩，附近一个管家婆模样的阿姨手拿从田里采来的菠菜走过来："跟你说，这一带的人都决定投××的票。"

我不大明白，遂应道："哦，是吗？"阿姨说："把票投给××，路面维修啦污水沟清理啦就会有着落。"说罢放下

菠菜走了。过了好一会儿我才意识到原来是请我去投票，心里感叹不愧是千叶。我住过很多地方，用菠菜请我投票的事别处还真没有。菠菜当然津津有味地吃了，投票却是没去。我也是乖乖纳税的，污水沟理当有人清理。从经验上说，较之投某某先生的票，每天直接给市政府打投诉电话更为有效，道理上也讲得通。有了这码事后，更懒得去投票了。在千叶居住本身倒蛮快活。

不过若问我是否打算就这样永不投票地终了此生，那倒也未必。因我朦胧觉得——只不过是我的直觉——本世纪①内必有一次重大政治季节到来，届时我们将不得不决定自己的立场。各种各样的价值急剧转换，不允许我们含糊其辞蒙混过关。那样一来，我也有可能像《重要的星期三》（Big Wednesday）那部电影里最后的镜头那样手拿选票去投票站。

说到底这终究只是预测，而我的预测又大多落空，所以很难一口咬定。不过总觉得那样的状况已为时不远。这点只要看一下关于美国二十年代及尾随而来的经济大萧条的历史著作就可切切实实地感觉出来。讴歌前所未有的繁华与奢侈的享乐文化的二十年代的美国一朝土崩瓦解，继之而来的是黑暗滞重的日日夜夜与战争。将两个不同的时代捏在一起在根本上当然是勉强的，但看一下二者经济繁荣的根基之浅和社会的华而不实以及世界财富的分配不均，就不难在二十年代的美国同我们这个时代之间找出许许多多令人不寒而栗的共同点。假如同那场大萧条不相上下的 Crash（崩溃）果真到来，那么显而易见，那些和当时的美国一样寄生在当下懒

① 指二十世纪。

散文化周边的大多数人——或许我也是其中一人——必将如泡沫一般消失得无影无踪。

这么说也许没有多少说服力，但我们有可能到了这样一个时期——差不多该为应付那场 Crash 即价值崩溃而着手清算自己了。

目　眩

我登高绝对不行。一来到"从这里掉下去很可能没命"那样的地方就腰部发麻，一步也动弹不了。

相比之下，老婆喜欢登高比吃饭还甚，一起外出旅行时必定爬到高处或手舞足蹈或来个金鸡独立，一副乐不可支的样子。那种神经我可是理解不来，只能认为存心让我尴尬。

不过也不是说大凡高处我都胆战心惊。若是山啦石崖啦那种自然形成的高处，上去就不像站在高楼或塔顶那么害怕——当然是相对而言。最害怕的无论如何都是人工建造的高处。

经常为我的书画封面的佐佐木MAKI家也位于高层公寓的九楼或十楼，去时非常害怕。因为走出电梯后必须往下走一层楼高的无遮无拦的户外阶梯。每次手扶内侧墙壁一步一

挪地下楼时，都会被女责任编辑报以白眼："村上君，看你干什么呢？"在旁人眼里想必是"你干什么呢"，总之向感觉不到恐怖的人解释恐怖为何物是无比困难的事情。我也曾把恐怖电影录像带放给讨厌这类电影的人看："喏喏，手腕被电锯锯掉了！"所以很难指责别人。

过去最害怕的一次是登上维也纳圣 STEFAN 教堂顶部的时候。那时我也本没有上那种地方的念头，但老婆反复劝说："不要紧的，别怕，上嘛！人必须一步步前进。"致使我不由放松警惕上了电梯。爬科隆的大教堂时由于是阶梯，途中害怕可以折回，而电梯则不能那样。出了电梯外面已是露天的陡峭屋顶。偏巧下去的电梯要等到游客才能上来，屋顶当然有铁丝网围着，可是对我来说那东西全然信赖不得，加之冬天凛冽的寒风呼啸不止，吓得我简直要死过去。既然吓得如此魂飞魄散，那么人不进步也未尝不可。想来恐怖也是一种财富，不能片面断定不感到恐怖就了不起而感到就是窝囊废。

不管怎么说，欧洲古建筑中令人恐怖的为数不少。特别是教堂，尖角就像要刺破青天似的高耸入云，实际上去看也比一般高层建筑的平台远为气势雄伟，远为惊心动魄。我倒不是想搞什么比较文化论，不过在圣 STEFAN 教堂顶部感觉到的恐高症同在日本和美国感觉到的仍有很大不同。这种微妙差异，没有恐高症的人大概是感觉不到的。倘有时间，我真想爬遍世界上的种种制高点，写一本"恐高症患者眼中的高点文化论"什么的。毫无疑问，这东西惟独患恐高症者才写得出。

我有时深思世上为什么存在着有恐高症的人和相反的人，但想不明白。无论怎么回想都没有幼年登高害怕的记忆，却又很难认为恐高症是血统遗传所致，弗洛伊德所说的

"被压抑的心理纠葛的象征性表现"那样的征兆也谈不上。那么，我到底是什么时候、怎样被恐高症这种毛病俘虏的呢？

如此看来，势必只能认为"恐怖的选择乃是最无作为的选择"。就是说，人是需要一两个作为精神安全阀的恐怖的，而其对象物无论哪个都可以。就我来说碰巧是恐高症。估计也有人选择幽闭恐怖，有人选择尖端恐怖，有人选择黑暗恐怖，或者有人倒霉地选择了所有恐怖亦未可知。不知道《争夺奇宝》（RAIDERS）那种恐怖的印第安纳·琼斯为什么单单对蛇无法忍受呢？总而言之，恐怖这东西对于人是不可或缺的因素，越是荒唐其效力应该越大，我想。

归根结底，假如依附在这块孤零零地飘浮在宇宙黑暗之中的岩体上打发不安稳人生的人类对任何恐怖都无动于衷，对我来说那将是真正的恐怖。

附言：比萨斜塔也只上到第三层，可怕。

排字工悲话

这个连载已有八个月了。一个美国记者说"有截止期限的人生流得快",的确如此。英语称截止期限为"deadline"——像是炫耀博学,抱歉。deadline 这个词此外还有"死线、囚犯过了此线将被枪毙"的含义,语感比日语说的"截止期限"迫切得多。可怕。

只是,截止期限不光对作家,对于编辑也不折不扣的deadline。同编辑交谈时经常谈到这个话题。可以说,①交稿推迟②字迹零乱③态度傲慢这三点是作家让编辑哭鼻子的三大法宝。关于③我是相当有愧,但①和②上面算是一身清白。截止期限大体遵守,字也格外清晰。所以,对于某某作家交稿推迟某某作家字迹零乱那方面的牢骚我可以视为别人的事一笑置之,甚至还对编辑适当地表示一下同情:"唔——,是不像话。"因为迟交稿、字迹乱基本属于与才华和人格（大约）无关的倾向和脾性，作为闲话也无伤大雅且痛快有趣。

据编辑说，大腕作家里有人在截止期限前四五天给编辑部打来电话，道一声"喂，本次连载暂停!"随即"砰"一声放下电话。这一来，杂志社顿时吵吵嚷嚷乱作一团。说有趣倒也有趣。不过若我干出这种事，肯定当即被拉去荒郊野外枪毙。即使五分钟后打电话订正说"刚才说谎，稿子已经出来了"，也不会再把稿约派到我头上。

就算程度没这么严重，编辑蹲在作家家里拿了稿就开车猛跑，好歹在截止期限一小时前把稿子扔进印刷厂，这类情形也时常听到。"××先生活活要命"——编辑抱怨道。可在我听来编辑方面好像也在为这种 deadline 游戏而喜不自胜。假如人世上的作家全都严守期限而提前三天交稿——此事发生概率相当于行星排成一路纵队和哈雷彗星交叉出现——编辑们说不定又会聚集在酒吧里发牢骚，说："近来的作家真没骨气，还是过去的好。"这点不用想也很清楚。

作家当中也有不少人有如此想法。刚开始写小说的时候，每次我担心两三天后的截稿日期，他们就劝我："喂喂，稿件那玩意儿到期再动笔也没关系嘛!"还说编辑部设定的截稿期限肯定有几天水分。所言或许有其道理,但性格上我横竖做不来。若不提前三四天写出来,"橐橐橐"敦齐稿纸放在桌面上,心里总好像七上八下。

另外也有个冷却效果的问题。写完马上交稿,时不时会后悔不该那么写或反过来后悔这么写该有多好,而若有三四天空余时间就可以避免这种险情。笔这东西是很容易信马由缰的,除非是相当老到的作家。假如留出三天空白即可不给别人添无谓的麻烦不伤害别人或避免贻笑大方,这还是很划得来的。

还有,到最后一分钟才交稿,有时会让印刷厂的人为难。高中时代我编过报纸,时常跑印刷厂,所以很清楚印刷厂的老伯若有人交稿晚了就必须彻夜检字。排字工家里很可能太太摆好饭菜苦等丈夫回来。

"爸爸还不回来。"上小学的孩子这么一说,母亲就要解释:"你爸爸么,因为一个叫村上春树的人交稿晚了,正在加班,没办法回家。"

"唔——,那个村上春树真是个可恶的家伙。"

"是啊，肯定写什么乌七八糟的破小说欺世盗名。"

"妈咪，我长大了要狠揍那家伙一顿。"

"瞧你瞧你！"

一想到这样的交谈场景我就坐立不安，非马上把稿写完不可。也许我的想象力（或不如说妄想力）过于发达了。不管怎样，被排字工妻儿憎恶的可能性我还是想大体排除的，尽管我大概是③态度傲慢之人。

飞机上面好读书

若干期之前的专栏里，我写过一篇文章说自己近来不怎么读书了，现在又写起这个来，很有些不好意思。不过这一个月我的确看了不少书。日常写起文章来，常有这类事发生，就好像刚写完"戒烟两年来对身体大有好处"又开始吸烟，或者写完"扎领带一年只有两三回"之后马上连扎三回。说马虎也够马虎的了，可世道就是这么个东西。

为什么突然看起书来了呢？因为这一个月来坐电车乘飞机机会比较多。总之出行一多，我就能好好读书了。

首先乘往南转的飞机在东京和雅典之间往返一次（单程二十小时），这时间里看了三本书。约翰·欧文的《水形人》（Water-method Man）和多克托劳①的《但以理书》以及乔·戈尔斯的《汉米》（Hammett）。往南欧去的飞机把身心脾胃折腾得疲惫不堪，但至少可以读书。

《水形人》三四年前读的时候总有些莫名其妙，但现在重读，比初读时有意思多了。虽说没有《盖普眼中的世界》（The World According To Garp）艺术水准高，但有一种类似风俗小说的独特的野趣，相当引人入胜。以我个人的基准来说，第二次读时比第一次有趣的小说是好的小说。不过，能让人重读两次的小说毕竟不多，所以愿意再读一次已经十分不错了。

多克托劳的《但以理书》和《水形人》同样属于时间或前行或后退的小说，所以不习惯的时候很难抓住要点。而一旦抓住要点，便对小说的时间性自然发生感应，读起来一气呵成。有读头的小说。

至于戈尔斯的《汉米》，那种氛围渲染得很好，读来让人惬意，但由于以真实人物为主人公，感觉上总好像骨架都显露出来了。

---

① 美国犹太裔作家．（1931— ）。《但以理书》为其所著小说名（原为《圣经》篇名）。

大概是在飞机上染上了读书的毛病，回国后也在写作之余抽时间看了托马斯·品钦的《第49号竞卖员的叫喊》。这以前好几次想看英文原著都未看成，译本的出现对于我实在是一大喜事。当然，毕竟是托马斯·品钦的小说，读起来算不上淋漓酣畅，但如此奇特的小说此外很难觅得，感兴趣的人务请一读。

接着看了约翰·欧文的新作（依旧长得要命）《THE CIDERHOUSE RULES》的后一半，感想一言难尽，就免了。

另外看了三本意面小说。克拉姆利的《裸舞》（Dancing Bare）、理查德·戈登的《女人与男人的名誉》（书名含义不明）和迈克尔·Z·刘易恩的《沉默的推销员》。意面小说是我自己造的词，意思是适合了边煮意大利面条边看的小说。当然不是贬意，请理解为"煮面时情不自禁拿在手上的小说"。三本之中，《女人和男人的名誉》有暧昧意味，最为有趣。

接下去经别人推荐将龙胆寺雄全集读了三四本。我不大看日本小说，不清楚龙胆寺雄这个人在文学史上处于怎样的位置，不过总体上读起来还舒服，有几篇还相当中意。可是，自从看过森田芳光导演的《从此以后》[1]，总以为战前日本小说的主人公全都像松田优作那样，读着读着，松田优作的面庞几乎自动浮现出来，奈何不得。电影倒是非常有趣。

　　还读了一本作者铃村和成先生送我的书——《尚未/已经·村上春树和〈冷酷仙境〉》。读书名就知道是评论我的书，感想就不写了。不过看评论自己的书，感觉上好像成了

意大利面条

---

[1] 日本作家夏目漱石的小说。

《爱丽丝镜中奇遇记》。我想我和村上春树大概是隔着一面镜子同时存在于两个不同世界的，所以偶尔同读者见面说话，我总觉得自己像是某某人的替身。

与此同时，老婆看了三本书。爱丽丝·沃卡的《紫色战栗》、亨利埃特·冯·拉哈施米特（好长的名字）的《希特勒身边的女人们》和吉蒂·哈特的《奥施维茨的少女》。至于她选书时究竟出于怎样的趣味和目的，我至今都不清不楚。虽说是夫妻，横陈其间的沟也是又深又黑的。

但不管怎样，由于我的读书领域同老婆的读书领域几乎不交叉（勉强说来在民间工艺品方面有所接近），买书各行其是，致使家里书籍的数量有增无已。总想找个办法，但怕也无法可想。

模范主夫①

记得结婚第二年，我当过半年左右"主夫 = househus-band"。那时没什么事可干，一天天稀里糊涂混日子，可现在看来，那半年是我人生中最美好的一页。

不过当时并非我立志要当"主夫"，而是碰巧老婆出去工作我留在了家里。一晃已是十二三年前的事了，那时约翰·列农还没因当"主夫"而成为公众话题。

"主夫"的日常同"主妇"的日常差不多同样四平八稳。首先在早上七点起来做饭，送老婆上班，收拾房间。马上洗掉洗涤槽里的餐具是干家务的一个铁的原则。接下去，一般人要看报纸或看电视、开收音机，但我不干这个。这是因为，当时我们穷得如同"无形文化财产②"，买不起收音机和电视，订报的钱都没有，故而家中一无所有。没有钱，

生活这东西就 simple（简单）得令人吃惊。世间有"Simple
Life③"这个牌子的西服，若是"Simple Life"，我这方面要
详细得多。

拾掇好早餐碟碗就洗衣服。不过因为没有洗衣机，只好
在浴室里"呱唧呱唧"用脚踩着洗。诚然花时间，但可成为
一项极好的运动。

洗罢衣服，出去采购做饭用料。虽说是采购，但因为没
有电冰箱（的确穷得可以），多余的概不能买，不多不少只
买当天用的。这样，萝卜大酱汤、炖萝卜块和银鱼萝卜泥一
类劳什子便以相当高的频率出现在当日晚餐桌上。这不叫
"Simple Life"又能叫什么呢？

采购路上顺便到"国分寺书店"卖书或买减价旧书。回
家随便弄个午饭，烫衣服，三下五除二清扫一下房间（清扫
我做不来，应付了事）。然后坐在檐廊里跟猫玩或读书，傍
晚之前就这么悠然自得地度过。毕竟闲着无事，光这段时间

---

① 原文为英语 good housekeeping。
② 在日本泛指戏剧、音乐、工艺技术等价值高的"无形"的文化财产，
　 经政府部门认定后，可视为"文物"加以赞助和保护。
③ 意为"简单的生活"。

我就通读了讲谈社的《少男少女世界名作全集》，《细雪》一连看了三遍。

等四下黑了，开始准备晚饭。淘米下锅，做大酱汤，炖菜，把要烤的鱼弄好，等待妻子下班回来。大体七点左右回来，有时也因为加班推迟。因为家里没电话——就不用我再交待了——没办法联系。于是我把鱼准备好放在铁丝网上等老婆回来。以"……"的感觉等待。这"……"之感，日常中没体验过的人怕是不易明白的。那是相当微妙的一种感觉——忽儿想"看来今天要晚回来，自己先吃算了"，忽儿想"别别，还是再等一等吧"，忽儿想"可肚子都饿瘪了"，这种种念头集约起来，就成了"……"式沉默。这么着，老婆回来时若说"啊，对不起吃过了"，我到底会心头火起。

另外，说奇妙也奇妙，说不奇妙或许就不怎么奇妙，那就是把自己做的菜肴摆上餐桌时，我无论如何都要把没有做好或形状受损的部分盛到自己盘里。如果是鱼，就把带鱼头那段装在对方盘里，尾巴这半儿留给自己。这倒不是身为主夫低人一等，而仅仅是出于厨师的习性——想让对方多少高兴一点。我是这样解释的。

如此看来，我觉得世人一般认为是"主妇式"属性中的很多东西决非"女性式"的同义词。就是说，并非女人在年龄增加过程中自然而然形成主妇式属性，而不过是"主妇"这一角色产生的倾向和习性罢了。所以，若男人担当主妇角色，自不用说，也将多多少少浸染"主妇式"色彩。

以我个人经验说，我觉得世上的男性一生当中至少应该当半年或一年左右的"主夫"，染上主妇式倾向，以主妇式眼光（哪怕短时间内）看待世界。那一来，就会明白现在社会中大行其道的许多共识是建立在何等脆弱的基础上的。

如果可能，我很想尽情尽意自由自在地重过一次主夫生活。问题是老婆死活不肯出去工作，无法如愿以偿。

山口下田丸君

前几天山口昌弘来访："喂，春树，能不能给我想个笔名？"

瞧我，突然提起"山口昌弘"这个名字，大多数读者想必全然不知是何人物，得大致解释一下。山口昌弘十年前曾在我经营的爵士乐酒吧里打工，当时他是武藏野美术大学的学生，但几乎不顶什么用。正为难之间，不知什么时候不见了。便是这么一个人。后来他进入广告设计公司，由于制作安西水丸的书的关系，现在也时不时见面喝酒。太太长得国色天香，安西水丸每次见我都说"配山口可惜了"，我也同感。

这么着，一天去山口昌弘家玩，趁山口离席的空儿，我问他太太："和那小子结婚后悔了吧？"不料对方回答；"能和山口结婚幸福极了。"毕竟是别人家的事，幸福不幸福都无所谓，不过人的喜好也真个多种多样。

于是，我又逮住几个在山口的公司干活的女孩问："山口是傻瓜蛋吧?"这回的回答是："唔——，山口么，在公司可是一丝不苟又雷厉风行，不太说话，到他面前我们都有些紧张。"我说"那不过表明他脑浆不足表情死板罢了"。结果她们怪罪起来："村上，你对山口的偏见怕是太多了吧!"

到了这个地步，作为我也不安起来，心想自己真有可能误解了山口昌弘这个人。山口本人也公然声称"春树误解了我"。于是前几天我试着让山口昌弘帮我搬家，可还是完全不顶什么用，和十年前没有丝毫不同。这证明我的判断并没有错。话又说回来，山口昌弘当然不是坏小子。坏小子不可能得到美貌太太海誓山盟的爱情和年轻女同事的百般庇护。

解释得够长的了，言归正传。这个山口来我家求我为他想个笔名。

"跟你说，我么，想当插图画家，就把画拿到水丸那里。

不料水丸看了画说'喂，山口，还是算了吧'。"

"这我明白。"

"不会是嫉妒吧?"

"我想不是。"

"那就好。嘿嘿嘿，我想写一点文章，有人请我写。"

"写就是了么。"

"所以说么，山口昌弘这姓名有点'新左派'味道，不够气派，这回想请您给我想个笔名。想出好笔名来，一定请您去夜总会好好招待一家伙。"

夜总会倒也罢了，为别人想笔名我倒是蛮有积极性。

"你、可是下田出生的?"

"嗯，是的，是下田。"

"就叫山口下田丸不挺好的?"

"像渔船似的①。跟你说，不是这样子的，比如岛田雅彦啦泽木耕太郎②啦——不能取个如此神气活现的?"

"山口伊豆七如何?"

---

① 日本的船名后面一般都有"丸"字。
② 均为日本当代作家。

"活像呆头呆脑的侦探似的嘛！我说春树，你莫不是对我有偏见？"

这么着，山口昌弘沮丧地回去了。夜总会也到此为止。

可是我对山口下田丸这个名字相当满意，自那以来就直呼山口昌弘为"下田丸"。或许是这个缘故，他本人好像也渐渐对"下田丸"有了感情。由于名字的关系，比之山口昌弘时代的山口，我也对袭用山口下田丸之名后的山口更有好感了。

我想，人取笔名或为店铺命名的时候往往选择堂而皇之的。我则相反，那种时候专挑粗俗不堪的。因此我提议的名字常被弃若敝屣。例如以前有个熟人开店求我想个店名，我提议用"大沙漠"，当即被枪毙。

"喂喂喂，酒吧叫什么'大沙漠'，哪个还敢进去嘛！"

"我偏偏要进去！看里面有什么名堂。"

"也只有你春树才这么想。"

如此这般，青山、麻布①一带堂而皇之的名称泛滥成灾。别嫌我啰嗦，假如有家叫"大沙漠"的门面考究的酒吧，我笃定快步进去。

———————————
① 均为东京的高级地段。

重访巴比伦

因为种种缘故，我不得不退掉藤泽的房子重回东京，在市中心一座公寓生活了四个月。不知何故，离安西水丸家很近，水丸便劝我道："大好时机，两人好好干一堆坏事。"《小说现代》的宫田主编跟我说："噢，我来告诉你好多好多秘闻，嘀嘀嘀。"这个那个的，弄得我焦头烂额。如此下去，这四个月里我的人格没准会整个儿一变。从藤泽突然闯进市中心，大有"魔宫传说"之感。

回想起来，我差不多是时隔五年住回东京的。上次在东京住的时候，我一边开酒吧一边写了《且听风吟》、《一九七三年的弹子球》两部小说，折腾得心力交瘁。之后移居千叶，写了第三部长篇《寻羊冒险记》，因为觉得再在东京住下去有可能无法沉下心来写小说。酒吧相当红火，不少人劝我用不着关酒吧，直接托付给谁而自己悠悠然写小说不也蛮好。可是我人的这性格缺乏通融性，既然干就必须事无巨细全靠自己干得妥妥当当，否则就忍受不了。结果，下了决心卖掉酒吧的使用权，缩到千叶乡下靠一支笔混饭吃。所以离开东京时我有我的气恼，当时横下心来再不回东京了，那种喧闹嘈杂那种高度紧张那种华而不实花里胡哨，早已让我忍无可忍。

但现在回想起来，在东京边开酒吧边争分夺秒写小说的时代也还是相当快活的。

记得是克雷格·托马斯（写《火狐》的作家）吧，他在一部小说的后记中写道："多数处女作是半夜在厨房餐桌上写的。"总之 开始不存在所谓专业作家，都是工作完了回家，等家人睡熟了对着厨房餐桌孜孜矻矻坚持写小说的。当然，如果有书房那样的空间，在那里写当然好，但半夜玩命写小说的人基本上没有那样的生活余裕，厨房餐桌必然成为工作间。

如此说来，我最初两本小说确乎是"餐桌小说"。一天干完活关上店门，为缓解紧张喝一两瓶啤酒，然后趴在公寓的厨房餐桌上写小说。

回头看那时的小说，不难看出小说结构相当支离破碎。因为一天写的时间只有一两个小时，情绪快要上来的时候就要"今天到此为止"了。第二天接着写的时候，往往要回想昨天写什么来着。结果，感觉上与其说是小说，莫如更是小说式 fragment（片断）的拼凑。出第一本小说时一部分人好意评论说"崭新、酷"，其实完全是生活环境造成的。说得极端点，乃是从在大都市里苟延残喘之人的时间夹缝中挤压出来的小说。

而我自己对那样的写法那样的作品还不够满意，所以下决心离开东京。五年前的事了。

回到久违的东京一看，发现东京的时间比五年前流得更快、分得更细。汽车数量多了，高楼数量多了，地铁线路多了，空气污染了，酒吧餐馆遍地开花，书店里见所未见的新杂志琳琅满目，竹下大街摇身变为神经正常之人无法放心行走的歇斯底里大街。五年前最尖端的东西现在看上去已老朽不堪，往日常去的书店如今大半改朝换代，噪音尤其让人心烦意乱。

之所以有这样的感觉，我想怕是由于我上了年纪。若在过去，这每一个消极因素说不定都会让我心驰神往。甚至有些怀念深更半夜对着厨房餐桌边喝罐装啤酒边写小说的日子。然而一切都已过去，一去不复返了。

前一阵半夜在附近散步，往新宿方向一看，唯独新宿上空简直像发生火灾似的明晃晃耀眼夺目，原来是霓虹灯和路灯反射在云层上。看那光景，心里不由纳闷：那金色的云层下面到底在搞什么名堂呢？

到底在搞什么名堂呢？

十三日 "佛灭"[①]

过去曾有段时间迷上了占卜。当然，所谓"迷上"也不过像是外行人玩游戏。尽管如此，深更半夜把注意力一下子集中到什么上面的时候，还是出现 trance（恍惚）状态，而那时的确卜得很准，准得自己都吃惊。例如为某某女性占卜时，其恋人的年龄、出生地、兄弟姐妹人数常常连连涌出。

不过每占卜一次都累得一塌糊涂，再说都是为朋友占卜，拿不到酬金，一来二去就洗手不干了。

这种情况是否应视为超自然能力，对此意见是有分歧的。不过总的说来，我现在也认为这大概类似一种"直觉"。即使不搞占卜，只要在接触当中注意观察对方的举止、语气等极其寻常的表现，也可推测出许多事情。而若进入恍惚状态，"直觉"便愈发灵敏，推测的领域也随之扩展。

"恍惚状态"听起来像故弄玄虚，其实我写长篇小说时，脑袋里的弦也不时"扑"一声断开而呈现类似状态，即所谓"writing high"[2]。可是这并非什么超自然现象，而仅仅是"直觉"的扩大。出现这种状态的时候，烟灰缸和橡皮擦很可能满屋子飞舞，而笔下的东西也可能更加神神道道。但不知是幸还是不幸，迄今为止这种事还一次也没有过。

　　我个人是不理会占卜结果的，也不在乎兆头和 jinx（倒霉）之类。不是不信，而是原则上不予理会。这类似我和汽

---

① 释迦牟尼圆寂，涅槃。此处指日本所说"佛灭日"，即凶日，不吉利的日子。
② 写作兴奋状态。

车的关系——其有效性某种程度上我是承认的，但我个人认为我不需要那东西。

占卜结果和兆头那玩意儿，一旦介意就会永远耿耿于怀。一对什么有所顾忌，其范围就会迅速扩展。我在性格上无法忍受那种负作用的无限升级，因此就算兆头多少有点不妙，还是想干的事情就干，不想干的事情不干。这不是性格坚强或软弱的问题，而是想法的问题。

例如我结婚时占卜师说"这可是糟糕透顶的结合"，但我满不在乎地结婚了。结婚以后，"糟糕透顶的结合"倒是的确得到了证明，可我们还是死心塌地一起生活了差不多十五年，"算啦，就那样吧"。或许，"糟糕透顶的结合"反倒会意外地卓有成效。

还有，我动不动就搬家。每次搬家，笃信占卜的朋友都劝我别搬，"方位上最凶"。根据对方的说法，我好像具备了在最凶时期在最凶方位找到搬家的去处的特殊能力。

"现在搬家要发生糟糕事情的。有人生病，工作不顺，父母双亡，遭遇火灾，中曾根首相三次连选连任（这个是胡扯）。再等两个月吧。两个月一过诸事顺遂。"一个人说。

但我没等到两个月，说搬就搬。一旦因此让步，那么往后再有这种事，两个月就要变成半年进而变成一年了，这是显而易见的。一旦举手投降，势必永无翻身之日。所以，我总是正气凛然地与之对抗："啊，来吧，随你怎么样！"只要有这种进攻性姿态，一般就不至于被恶运击倒。一来二去，朋友也不坚持了，不再对我的搬家说三道四。

我一贯是这种性格。上高中的时候，我曾把母亲为保佑我考上大学而在神社买的（或讨来的）"破魔矢"一把折断扔了，目的就是想看一看这样会落得什么下场，同时也有这样一个念头——假如折断一支"破魔矢"就考不上大学，那么不考什么大学也无所谓。怎么说呢，此乃破罐破摔的实证精神。就结果而言，国立大学落榜而两所私立大学上榜，也算是"平局"吧。父母嘟嘟囔囔发牢骚说"私立的花钱啊"，对此我也觉得抱歉，但作为实际问题，记忆中没上国立大学并未带来什么损害。也可能有，但浑然不觉。

是否相信占卜、是否在乎兆头是每个人的自由，但别人如何姑且不论，我个人是喜欢那种敢在"佛灭日"举行婚礼的人的。"'佛灭'也罢什么也罢，我们反正白头偕老"——只要有此信念，一切都会顺顺利利。我是这样觉得的，责任倒是负不了。

关于日记之类

提起日记，似乎约定俗成必从新年开始，我猜想很多人都是以"好咧，今年可得……"那样的气势开始写日记的。

不过从我的经验说——抱歉，好像在泼冷水——从正月①开始写的日记一般长远不了。相比之下，倒是六月十三日心血来潮写起来的日记意外地能够持之以恒。何以如此我也不太清楚，或者正月开始写日记的人心情中有一种依赖"正月"这种仪式性的随意性，以致半途而废也未可知。

我这人总的来说是懒得写字的，从大学毕业到二十九岁开始写小说以前几乎没写过什么文章，惟独日记倒是兴之所至地断断续续坚持下来了。写半个月歇四个月、写三个月歇两个月——便是这样勉勉强强地写到了现在。

不过准确说来，我写的不是"日记"而是"日志"。记录的无非早上几点起来、天气、吃了什么、见了谁、做了什么等等事实，更多的一概不写。心理描写啦创作素描啦关于社会事件的省察啦什么的统统没有，所以死后日记被发现并出版的可能性基本为零。

不信请看：

早上六时起床，晴，跑步一小时

早餐：康吉鳗②茶泡饭

上午写小说七页

午餐：萝卜泥荞麦面条

下午写小说四页，《周刊朝日》H氏来电话（三时）

晚餐：油炸虾、蔬菜色拉、啤酒两瓶

晚间十时就寝，平和的一日

喏，如此绵绵不断的、平和而无聊的日志，有谁会读得津津有味呢？不可能有。

---

① 即公历一月。日本自明治维新开始废农历而采用公元纪年，但习惯上仍
　称公历一月为正月。
② 一种海水鱼，分布于日本沿海。

其实我也想写些像样的日记——哪怕一天也好。例如这样写道：

十二月十六日（晴）

中午被三浦百惠①请到府上吃其亲手做的炸虾浇汁饭。

下午接三浦和义②自狱中打来的电话。

晚间同药师丸博子③在"吉兆"用餐，其后两人单独在西麻布喝酒。

回家后写稿二百五十页。

接讲谈社④汇款通知：汇入版税两亿六千五百万元。

然而这等事绝对没有。小说家的一天是极其平凡而单调的玩意儿，一边吭哧吭哧写稿一边用 JOHNSON 棉球棒掏耳朵的时间里，一天一忽儿就过去了。

---

① 即山口百惠，三浦为其夫（三浦友和）姓。
② 当今日本轰动一时的诉讼案件主人公，曾以偷盗、枪击等多项指控被捕，诉讼历时十余年，于 2003 年被日本最高法院宣判无罪。
③ 日本当代女影星。
④ 日本最大的出版社。

记录这些东西，我用的是"LIFE"文具厂出品的"业务日志"这种名称极具即物性的本子，简洁、结实，全然没有情绪性那一劳什子，没有"俨然是日记本"那种拖泥带水之处，同我的使用目的正相吻合。腰封上印有两句广告词："对于业务管理具有重要作用的营业成绩的必然提高，能够及早发现的过去的缺点"。语句整体上有些令人费解，但似乎颇有效用，尤其是"能够及早发现的过去的缺点"这句让我心里一阵作痛。

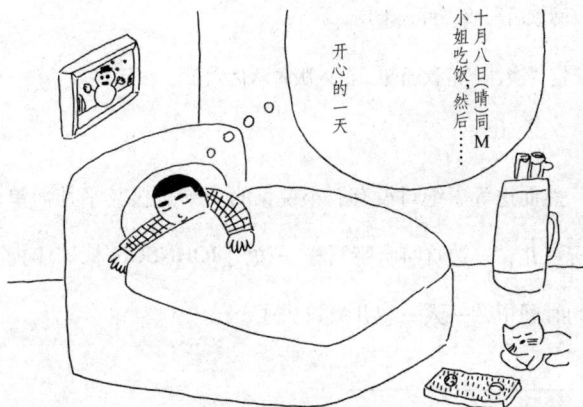

不错，看往日的日记是能够发现过去的缺点的。例如：

××年十月八日（晴）

同 M 小姐吃饭，少量喝酒后送其回家。

　　现在读来，不由想起当时的情景，甚至会反省"那时只要有意，都能干上一家伙，唔"。不过，就算现在发现那类"过去的缺点"，也不能算是"早期发现"。毕竟损失了一次。怎么说呢，惟有遗憾而已。谈不上有多大效用。

　　我家里那位每天用绿色墨水密密麻麻地写下比我的"日志"多出五倍的详细日记。依我看是相当费时费事的活计，而本人却乐此不疲，数年如一日。

　　"打官司的时候很可能派上用场的，每天记录得这么详详细细的话。"她向我解释写那日记的理由。

　　"官司？官司是什么？什么官司？"我问。理所当然要问。

　　"也不是特定的官司，反正说不定会有的吧。"她回答。

　　家庭这玩意儿有时看上去是非常 surrealistic（超现实主义）的。

附言：写了此稿后，承蒙位于大阪的"玛尔尼"文具公司寄来一本以记述"非情绪性·记录性"内容为目的的颇为别致的日记本。广告词吹嘘说若小心使用足可用上二十年。想的的确周全。反正只要是"非情绪性"的就好。

戒烟一二三

　　很久很久以前读过——具体情节是否吻合没多大把握——斯蒂芬·金的一个短篇《戒烟公司》（我想是的）。一如篇名所示，讲的是接受戒烟委托的公司的故事。想戒烟而又对自己的意志力缺乏自信的人来此提出申请，公司方面保证戒烟成功。只是，并非任何人都能随便申请。公司是一个极其严密的组织，情报通过口传渠道　传十十传百悄然传递，入会费也高得惊人。但戒烟成功率的确百分之百，绝无水分。

　　一个男子得知后，半信半疑地向公司提出戒烟申请，可是没过几天就忍耐不住了，拿起一支烟点燃。那么等待他的命运……往下就有点不寒而栗了。倘若全部道出，读小说的乐趣就没有了，结局不能挑明，遗憾。

　　总而言之，我想故事里的教训是"戒烟只能以自力达成"。享乐念头必定让人跌入陷阱。

就我个人说，我在戒烟上是相当自信的。过去一天吸五六十支，是个相当够级别的烟鬼。但一天戛然而止了，自那以来便换成这样一种模式：专心写长篇小说期间吸几个月，写完即告终止。所以，想戒烟的话，即使不向"戒烟公司"申请也成。

依我看，戒烟成功与否同意志力似乎关系不大。当然喽，完全没有意志力戒烟是无从谈起，但最重要的是 Know how（秘诀）。只要懂得"如何做才能有效戒烟"的 Know how，戒烟这玩意儿在某种程度上是可以按部就班达成的。常见有人在家里把写有"戒烟"字样的纸条贴得到处都是，或把打火机和烟灰缸一古脑儿投到河里，这样的举止看上去蛮像那么回事，而效果却不大。

戒烟的 Know how 多少因人而异，就我而言可以概括为以下三点：

① 戒烟开始后三个星期不做事。

② 朝别人发脾气，口吐脏话，牢骚不断。

③ 放开肚皮吃香喝辣。

只要满足这三个条件，我就能较为轻易地把烟戒掉。

①的不做事对我来说是戒烟的关键条件。事实上戒烟后一段时间内我也横竖写不出东西，字发抖，词出不来，所以打算戒烟时，要事先创造一种三个星期只字不写也不要紧的状况，那期间尽管心安理得看电影或做做体育运动。有情人的话最好一起去泡泡温泉。

可是，如果正这么按部就班戒着烟，突然有电话打来说"对不起，日前的稿子因版面关系请再增加两页"，那就麻烦透了。因为写不成字。上次就把"それから"写成"ろれ

から"。心想不对头啊，但反复写了五遍才认识到原来写的是"ろれから"。

当然，工薪阶层两三个星期不上班实际上怕是不可能的。那种情况下如何是好我不大清楚，不过一咬牙把手头工作彻底扔开两三个星期偷偷懒怕也未尝不可。偶尔换换心情也是可以的嘛！结果如何我倒是负不了责任。

另外②的朝别人发脾气也是很重要的。自己正辛辛苦苦戒着烟，用不着老老实实装乖孩子。最好把平日不能出口的话利用心焦意躁的戒烟机会统统一吐为快。我每次戒烟责任编辑都说我"村上君剥去这层皮也是个讨人嫌的性格"。人与人的交往没这点刺激也毫无意思可言。

关于③的吃东西，戒了烟肚子肯定饿，一饿自然吃东西。既戒烟又减肥基本不大现实。怕肥也只能在戒烟告一段落后再集中削减。

我以为多数人之所以戒烟失败，最主要的原因在于试图快刀斩乱麻的急躁情绪和过于自信。每个人都是能力极有限的渺小可怜的存在——没有这样的自我认识不可能戒烟成功。总之自己根本不可能凡事马到成功，必须认识到有所得必有所失。

戒烟这玩意儿如此细想起来都这般有趣，真想多来上几次。

附言：在外国坐飞机时，空姐问我"要禁烟席还是吸烟席"，我如果回答"Cancer seat, please①"的话，偶尔也会受到青睐，尽管这是怎么都无所谓的事。

———————————

① 意为"吸烟席"。

批评的把玩方式

不用一一细说，任何职业都有该职业固有的规矩。例如银行职员不能数错钱，律师不得在酒馆里大谈特谈别人的秘密，性风俗行业的人见到客人的阳物不可以噗嗤一笑，等等等等。涂指甲的寿司店厨师让人看了摇头，文章比小说家高超得多的编辑也叫人难受。

不过，每一个从事那种职业的人还怀有——同上述基本规矩无关——自己特有的信条。这种信条有的人多，有的人几乎没有。我比较喜欢观察人，看了很多很多。世上的人的确形形色色，既有固守我辈全然不能理解的信条之人，又有极其粗线条地随意处理事务——那倒也罢了——而处理不好就埋怨别人之人，还有信条虽少但大话很多之人。不过正如我最初所说，人各有其衡量标准，很难一口咬定哪个好哪个糟。

在写文章方面，我当然也有若干个人信条。这不是谁教的，而是在初始阶段自然学得的。或者不如说由于我开始写文章的年龄比较晚，在以前经历的各种职业中掌握的诀窍得以原封不动地用在写作上。一开始只是应急性地用一下，但用的过程中觉得实在太适合自己了，于是现在也继续照用不误。

我的这种个人信条写起来长得厉害，再说我也不认为有多大意思，作为读物多半也不会有趣。

仅举一例。那就是关于"作家不能批评批评"，至少不能批评个别的批评或批评家，因为即使批评也毫无意义，只能被入无益的争吵之中，自降其格。我一直是这么想这么活的，因而不少磨损自己的关口得以顺利通过。陀思妥耶夫斯基暗示说世上存在着种种内在的地狱，我相信作家批评批评（或批评家）这一状况也是这类地狱中的一个。

作家写小说——这是工作。批评家就此写书评——这也是工作。于是一天过去，处于各自立场的人完成各自的工作回家同家人吃饭（或一个人吃饭）、睡觉。这就是所谓世界。

我纵然不相信这种世界结构，但也把它作为前提条件予以接受了，至少认为就此挑三拣四也无济于事。所以不挑三拣四，早早回家吃饭，早早钻进被窝睡觉。我虽说不是斯佳丽①，但天亮了明天自然开始，明天自有明天的事要做。

我这人一般不看别人对自己的批评，但偶尔也会心血来潮翻一下，结果发现有的批评不大对头，有的失实，有的纯属误会，有的是露骨的个人攻击，有的莫名其妙，只能证明他书都没看完。

---

① 美国小说《乱世佳人》中的女主人公。

但考虑到诸般情由，我还是认为作家不应该批评批评，不应该进行 excuse（辩解）。糟糕的批评犹如堆满马粪的庞大茅屋，如果我们走路时见到那样的茅屋，对付它的最好办法就是快步通过，而不该怀有"何以臭到那个程度"的疑问。马粪原本就是臭的。不用说，打开茅屋窗口会更加臭不可闻。

前些天搬家整理东西，理出整整一纸壳箱过去对我的批评的剪报之类。大多是五六年前我刚出道时的东西，老婆认认真真剪下来保管的。居然有这么多！感慨之余，我"啪啦啪啦"翻看起来。写得相当有趣，不知不觉统统看了一遍。里边既有至今仍让我点头称是——与夸奖不夸奖无关——的批评，又有令人忍俊不禁的胡说八道，不过终究是五六年前的东西了，不管怎么说都已失去鲜度，可以让我以不无温馨的心情翻看下去。如此接触批评也的确快意得很。现在对我小说的批评，我也想等到五六年之后再慢慢把玩。我迫切地等待着。

再谈山口下田丸及安西水丸

上次在这个专栏里东拉西扯地就山口下田丸即山口昌弘君写了不少，写完过不几天，山口君来了，还放下十几条冰镇香鱼。

"什么呀，这是?"我问。

"哎嘿嘿嘿嘿，这个么，是下田老家的老母亲叫我送给您村上的，还让我转告，希望您偶尔也写点好的，毕竟是乡下人嘛。"他说。

这么着，我有幸拿了人家的香鱼，或放盐烧烤或做大酱汤或下油锅炸，吃进了肚里。委实好吃得很。东京很难弄到这么好吃的香鱼，难得可贵。幸亏写了别人坏话。

回想起来，我在随笔里就山口昌弘即下田丸写了三次，好话的确像是一次也没写。什么"脑袋不好使"啦"死心

眼"啦"不顶用"啦"不被女人看好"啦，全是这些不三
不四的东西。我倒不是拿了人家香鱼就即刻扪心自问，但到
底是做了对不住山口也对不住山口父母的勾当。其实迄今为
止我就山口写的诸多坏话里有四分之一左右是开玩笑——这
么说不算是辩解吧？

日前在表参道散步，突然碰上安西水丸君（水丸君这个
人口口声声说忙，却总在这一带转悠）。我问他"上次稿子
里写山口坏话可有点写过头了？""哪里，就是那么回事。情
况完全属实，那样挺好的。"他说。所以作为我也可以理直
气壮。不过，偶尔也想写几句山口君的好话。

山口下田丸过去曾给过我和我老婆一人一件 T 恤和一张
唱片。总之是个友好人士。T 恤给安西水丸君画上一个白色
的椭圆形物体，整个糟蹋掉了。

"什么呀，这？"我问。

"哎呀，这个你都不知道？"山口愕然反问，"这个么，
我不是为《招聘 TIMES》中的'想当金蛋蛋'设计广告
吗？这 T 恤就是干那个用的。知道吧，'想当金蛋蛋'的
广告？"

"不知道，不看电视的。"

"是吗，你以前好像也这么说过，就是'是人该有多妙'那时候。伤脑筋啊，不看电视的人。那么主题曲也不知道啰？"

"不知道。"

"唱片有的，听听？"

"不想听，谁听那玩意儿！"

"别那么说好不好！是我写的歌词，嘿嘿嘿，务请听一下听一下。"

言毕，山口扔下唱片回去了。因为山口那印在唱片套上的歌词写得实在太差了，所以唱片一次也没听。几天后我这么告诉山口，他显得极为失望。

"不过，向你说实话的人这世上没有几个的。"

"哦，是……是吗，是倒是……"山口有气无力地应道。

喏，这不又成坏话了。不过山口下田丸即昌弘其人是相当友好的。

后来我和我老婆穿着这"金蛋蛋"T恤去了美国。在美国穿上"金蛋蛋"T恤，美国人问"那是什么画？"我回答

"唔——，是 golden egg①。"对方一惊："噢，看不出是鸡蛋嘛！"但这与其说是山口的责任，莫如说是安西水丸君的责任。安西水丸君画中所强烈追求的后现代写实主义在落后国家美国还无法得到正确理解。看来，不朽名作《普通人》入藏纽约现代美术馆还需一段时间。

是的，围绕安西水丸君的画世间有两种对立意见。一种认为"水丸的画看上去单纯，却是花不少时间画出来的"；

----

① 意为"珍贵的蛋"。

另一种认为"怎么可能花时间呢!"作为我也想了解真相,于是年底同水丸君边谈工作边吃饭时求他给贺年卡画画,随即从衣袋里掏出两张明信片和一支自来水笔递过去。水丸口称"好的好的"把明信片和笔放在一边,兀自一小口一小口啜酒,戳鹅肝,往嘴里放河豚,天南海北聊个没完。

水丸忽然置盅于案取笔在手,已是三十分钟后的事了。在结果上他画两张画不过花了十五秒,问题是到达这十五秒需三十分钟。这三十分钟对于安西水丸究竟意味什么呢? 作为可能性可以归纳出三点:

①吃鹅肝的时间里始终在构思。

②突然有人求到头上,羞赧了三十分钟。

③若画得太快人家未必领情,所以无非装模作样罢了。

该是哪一点呢?

颇为离奇的一天

几天前突然想看狄更斯的《孤星血泪》，遂去某大书店找，却怎么也找不到。只好问咨询台的一个年轻女店员："对不起，正在找狄更斯的《孤星血泪》……"

"那是哪个领域的书呢？"她反问我。

我不由"哦"一声。

她也同样"哦"一声。

"所以我说是狄更斯的《孤星血泪》。"

"所以我问是哪一类的书。"

"呃——，是一本小说。"

如此问答了几个回合，最后叫我去问小说柜台。一瞬间我目瞪口呆：书店的咨询台居然不晓得狄更斯！不过近来年轻人一般不读什么狄更斯，或许这已成了理所当然的事。社会已在我们不知不觉之间完成了相当大胆的蜕变。

作为我真想邀那女店员去喝茶，好好盘问一番："那么，可知道夏洛蒂·勃朗特？可知道普希金？知道斯坦贝克①?"但看样子对方很忙，况且我也决非闲着，只好作罢，遗憾。

离开书店办完事，肚子饿了，走进一晃儿闪入眼帘的一家样子蛮考究的西餐馆，喝罢啤酒，决定提前吃晚饭。我每天大致五点左右吃晚饭，因而得以经常在人很少的餐馆吃饭，心情相当不坏。不吵，又可慢慢选择食谱。

食谱上有个"西式盒饭"，两千五百日元。于是我问女侍应生："唔——，这个里边装的什么?"

"各种各样。"她以毋庸置疑的语气说。

"那是，既然叫盒饭，内容想必各种各样，这点我也知晓。我是想问具体装的什么?"

"所以说里面洋玩意儿各种各样。"

如此下去，事情难免像"山羊邮信②"一样误入迷途，

---

① 美国作家（1902—1968）。著有《愤怒的葡萄》等。
② 日本著名童谣。白山羊写了信邮给黑山羊，黑山羊没看就吞进肚里，遂写信问白山羊信上写的什么。白山羊没看就吞进肚里，又写信问黑山羊信上写的什么……如此无限循环下去。

于是我不再考虑西式盒饭，而点了单样菜。倒不是对她感到气恼，只是心想，盒饭里装的什么，告诉一两样也是可以的嘛！我又不是想要挟什么。

饭后在街上闲逛当中从百货商店门前路过，决定进去物色一件粗花呢上衣。因为不久前责任编辑木下阳子（假名）对我说："村上君，你老是穿夹克加运动鞋，钱到底干什么用了？"有一件上装正合我意，虽然担心号小，可还是想试试。正穿袖子时，一个女店员刮风一般奔上前来，以不屑的语气说道："先生，那件号太小，根本不行的！"

我正想说是啊好像是如果有稍大一点儿的……不料她已

没影了。我就地站了一会儿等她转回，但全然没有转回的动静，只好作罢回家。总好像是莫名其妙的一天。既觉得自己受了别人不正当的对待，反过来又觉得自己不正当地对待了他人。究竟如何难以判断。

书店的女孩回家后，或许在餐桌上对母亲说："今天来了个讨厌的客人，报出一串莫名其妙的书名，我说不知道，他明显地露出鄙夷的神色，可把我气昏了。"

餐馆的女侍应生则可能对厨师发牢骚："既然菜谱上有西式盒饭，悄悄点了悄悄吃了才算好食客！"

商店的女店员没准心想：连自己的上装号码都稀里糊涂却往袖子里伸胳膊的乡巴佬，我才懒得搭理呢！

如此想来，觉得对方所言所思也都各有道理，甚至反思说不定自己的生存方式本身存在着决定性的错误。人世这东西着实费解得很。

附言：《孤星血泪》那时已经绝版，平成二年①再版。另外文中出现的木下阳子(假名)和那个为"恐高症"而奚落我的是同一人。

---

① 一九九〇年。

杂志的快乐读法

每次同出版业方面的人见面说话，对方都问我"村上君觉得现在哪种杂志读起来最有趣?"如今杂志战争硝烟弥漫，因而编杂志的人也在相当认真地分析形势，否则很难生存。

问题是我并非杂志的热心读者，只是偶尔心血来潮拿在手上"啪啪啦啦"翻一翻而已，因此实在说不出哪种杂志当下最有趣、哪种杂志最新潮。何况在如此花样繁多又大同小异的杂志一古脑儿堆满书店摊案的今天，我甚至对选择对象本身的面目都把握不准。到底有谁能区分下午四时半的暮色和下午四时三十五分的暮色呢? 别人也许能从中找出差异，而我不知是幸还是不幸，由于是在更模糊的标准下生活，对此类甄别作业没有多大兴趣。

总之一句话，杂志数量过于繁多，无法准确想起哪个是哪种杂志。我的一个朋友说"好的杂志就是停刊的杂志"，其心情不难理解。名称我就不举了，确实有几种几年前停刊而停得可惜的杂志浮上脑海。反过来说，由于停刊的杂志再也搞不到手了——理所当然——不禁后悔出刊的时候没有好好珍惜。

例如，如今看不到的《大结局通讯》，我曾为它写稿，没了令人惋惜——我这么对《HAPPY ENDING 通讯》当时的主编加贺山弘说起的时候，他不无嘲讽意味地扭起嘴角："大家都那么说，可是没了之后再同情又顶什么用呢！"也倒是，从编辑一方说来当是正理正论。

说起来——若让加贺山弘来说或许又是一种"事后同情论"——我作为撰稿人干得一路顺风的杂志常常关门大吉。这家《通讯》就是这样，虽然稿酬形同于零，但干得蛮来劲儿。中央公论社出版的《海》也让初出茅庐的我淋漓畅快地翻译了菲茨杰拉德和卡弗。此外文化出版局的那本《TO-DAY》杂志也让我这个那个干得满心欢喜。然而最终全军覆没了。说不定让我舒舒服服从从容容写东西的杂志早晚都难逃灭顶之灾。新潮社的《大COLUMN》不能东山再起了？

"啪啪啦啦"翻看的杂志中能让我看得比较专注的，当首推《PLAY GUIDE JOURNAL》这本关西信息杂志。

这本杂志只刊载关西地区一元电影、音乐会等种种信息，对住在东京的人毫无用处，东京一般书店当然没有卖。可是我个人非常喜欢这种"无用性"，拿在手上细细查阅零碎信息，可以看出东京人和关西人在事物共识方面的微妙差异，相当有趣。譬如关西一家电视台一举连播《猴之行星》连续剧五集、《昭和余侠传》三集，气魄十分了得。即使是正月，东京的电视台也很少如此出手。正月初一从早到晚坐在电视机前一边吃喝一边谈论"哦那只猴子真有两下子/不错不错"——光想象一下关西人这副样子，我的脑袋都一阵发晕。

除了《PLAY GUIDE JOURNAL》，《广告批评》这本杂志中的电视商业广告片介绍我也挑着看几眼。为什么看这东西呢？因为我对电视和广告可以说毫无兴趣，几乎所有的广告片都没看过。仅通过文字和静止的照片来想象未曾目睹的广告片，当然是相当奇特而无用的劳作。

例如手头有关于"白子紫菜"广告片的介绍，不妨抄录几句：

伊东四郎和部下峰登从打开的电梯下来。

伊东："山下君，前两天你好像说没吃过白子紫菜，真这么说来着？"

山下："哎呀，我太无知了，抱歉抱歉。"

（以下略）

便是这么一种味道。从文字上看很难把握它妙在何处，想不通这东西何以成为年度第二名广告片。不过实际看过的

人都说有意思……至今我都在认认真真想象"白子紫菜"的广告片图像。

附言：我想，若有人弄出一本《电视广告片杰作选》之类的录像剪辑就好了，没准会意外畅销。接下去就是《白子紫菜摄制内幕》什么的。

还有，加贺山弘后来又办砸了几本杂志。

朗姆咖啡和御田杂烩[①]

　　若说我个人看法，冬天里最好吃的，不管怎么说都是火锅和加朗姆酒的咖啡。当然，我不是主张火锅和朗姆咖啡一起受用，而是说分别受用好吃。一边喝加朗姆酒的咖啡一边吃御田杂烩不可能好吃。

　　我差不多用两年时间译了约翰·欧文[②]的长得不得了的小说《放熊》（Setting Free The Bears），里边经常出现加朗姆酒的咖啡。小说以维也纳为舞台，主人公们时不时走进街上的咖啡馆点"朗姆咖啡"喝。每次看到这里我都极想喝加朗姆酒的咖啡，遗憾的是日本没有几家能喝上美味咖啡的咖啡馆。即使食谱里有"朗姆咖啡"也很难认为拿得出许多，因而总让人怀疑朗姆酒也相当陈旧了。另外，在日本喝的朗姆咖啡——怎么说好呢——以音乐来比方总觉得好像缺乏

Sonority（回响），就是说，未能充分传达"朗姆咖啡应有的"那种众所公认的余味。

相比之下——虽然这么说话让我冒冷汗——在奥地利和德国喝的朗姆咖啡就沁人心脾。毕竟和东京相比，那边冷得彻骨生寒，就算穿毛皮夹克戴手套围毛线围脖全副武装严阵以待，也会马上觉得"啊不得了不得了"，恨不得跑进咖啡馆喝热乎东西取暖。咖啡馆的玻璃窗大多被暖气弄得白濛濛的，从外面看显得甚是暖和惬意。跑进那样的地方点"朗姆咖啡"再好不过了。德语大概叫"咖啡密特鲁姆"，错了请多包涵。

滚热滚热的咖啡上面鼓起一大堆白色奶油，朗姆酒的香气直冲鼻孔。奶油、咖啡和朗姆的香气便是这样浑融无间地形成一种带有焦糊味儿的饮料，非同一般，的确暖人身体。

这么着，在德国和奥地利期间，我日复一日地喝着这朗姆咖啡。在街头摊档嚼一根咖喱味香肠，不时进咖啡馆喝一

---

① 一种日本菜肴。把豆腐、魔芋、芋头和鱼丸等水产品放在一起加汤汁炖成的大杂烩。
② 美国小说家（1942— ）。

杯朗姆咖啡，便是这么一种模式。那个月冷固然冷得要命，我却自得其乐。在寒风凛冽空无人影的法兰克福动物园冻得浑身发抖时喝的朗姆咖啡也别有风味，至今记得清清楚楚。

日本虽没有朗姆咖啡，但有御田杂烩。朗姆咖啡诚然美妙，但御田杂烩也很不错。现在我也在想入非非：若白天在维也纳喝朗姆咖啡，晚上在东京吃御田杂烩，那该有多好！

恕我以自己为例——其实这个专栏彻头彻尾是我个人的事——我老婆对御田杂烩这一存在算是深恶痛绝，故而基本不给我做御田杂烩吃。她憎恶御田杂烩乃是因为少女时代曾在电车上被芋头萝卜什么的动手动脚骚扰过——这当然纯属无中生有（理所当然），只不过仅仅是憎恶罢了。这样，我差不多总是一个人在外面吃御田杂烩。

中年男人独自吃御田杂烩的场景尽管算不上优雅，但也谈不上有多狼狈。二十几岁时一个人进杂烩店喝酒是觉得有点别扭，而三十过后就习以为常了。看罢电影一个人想吃东西时我也常常往杂烩店的餐台前一坐。若在寿司店，难免有一种"同本日精品对决"的紧迫感，而杂烩店原则上无所谓本日精品，什么也没有，心情自然放松，再说首先是便宜。

够味

部长，好店啊

此人是村上

在御田杂烩店

独自一边怅怅地想心事一边喝酒的杂烩店再好不过了。

只是我时不时心想：世间莫非就不存在御田杂烩的正统吃法？一如在寿司店一开始连吃两块肥金枪鱼会被视为鲁莽吃法，御田杂烩也该有所谓地道吃法才是——例如一开始不能连吃两个鸡蛋啦，以竹轮①和鱼肉山芋糕②之间夹海带为常识啦，吃完卷心菜用豆腐消除余味才算懂行啦等等。或者

---

① 一种日本食品。把磨碎的鱼肉涂在竹棒上烤成的熟食。
② 一种日本食品。以山芋、蛋清拌鲨鱼片烫煮而成。

说卷心菜原本就不是懂行人吃的东西？弄不明白。至少父母没有就御田杂烩的正确吃法指点过什么。

安西水丸君在这方面是相当讲究的人，一次一起去吃御田杂烩。吃罢看样子他想对我说"村上君说起来头头是道，可吃杂烩的程序可真够乱的了，吃完魔芋就吃白果"。万万马虎不得。

附言：我顶喜欢吃里边有虾芋①的御田杂烩，但东京基本见不到。江之岛桥头那里排列着的几家摊床杂烩里放了很多很多海贝，相当够味。我住在藤泽时，午饭时间常常散步到江之岛品尝来着。

---

① 一种日本京都特产的芋头品种。

阪神间^①小子

　　我的出生地说起来是京都，但很快就搬到了兵库县西宫夙川，又迁往同在兵库县的芦屋市。这一来，究竟是哪里出身就模糊起来了，但十至二十岁是在芦屋度过的，加之父母老家也在这里，所以大体上可以算是芦屋市出身。说实话，若能更模糊些算我是"阪神间出身"，对于我本人是很吻合的，问题是"阪神间"这个说法的微妙含义除了关西人一般不太好捉摸。

　　只是，虽说是"芦屋"，但我生长的地方不是眼下成为热门话题的俨然盛产千金小姐的芦屋，而是"极普通的人"居住的芦屋，所以其中有着不能坦然自称"我是芦屋出身"的成分。总觉得有点儿难为情。我家住的那一带，有人被拐跑时如果大声喊叫，即使不"呼啦"一下子也会有四五个人跑出来——便是那种极其平常的住宅街。

以前跟一个田园调布②出身的人谈起这个，他也深有同感：是那样的啊，一点不错。

"我家嘛，本来属于田园调布的穷人一方，可我一说自己是田园调布出生长大的，不知底细的人都道一句'嗬，厉害厉害'，真受不了。"

我也认为实在受不了。就说我吧，尽管一二十岁是在芦屋度过的，可记忆中一次也不曾同"千金小姐"什么的说过话。提起芦屋，至今记得最清楚的就是时常深更半夜出门跑到海滨（现已荡然无存了）和同学们喝酒点篝火。而这玩意儿只要有海哪里都做得来，不一定非是芦屋不可。

所以，每次有人问我哪里出身，我都回答"神户那边"。这一来，有不少人夸神户是个好地方，让我不大开心，所以最近改称"兵库县南部"。"兵库县南部"这一说法很像天气预报，干脆利落，颇合我意，但同时又不由感叹：光是一个出身地名仔细考虑起来都够啰嗦的。

---

① 指日本大阪与神户之间的地带，如文中的西宫市。
② 东京的高级地段。

我本人不太喜欢熟人多的地方，返回老家的心情半点儿也没有。可是由东京的大学进入东京的公司继而成家立业的一伙阪神间出身者开始打点行装呼呼啦啦返回关西了。蓦然环顾四周，我的高中同学现在仍在东京能联系上的只剩下了一个。

　　他们返回老家的理由，粗略说来似乎是"孩子大了，居住环境阪神间比东京好得多，再说自己也想在知根知底的地方轻轻松松生活"。绝大多数公司都有关西分公司（或总公司），即使离开东京生活也不会受影响。由于有这种便利和快意，我有时觉得阪神间出身者有可能来东京大嚷大叫大吃大喝一通——当然也会有这样的人——可是我从未实际见过。据我所知——也许仅限于我的朋友和熟人——他们都活得较为悠闲，几乎不曾喝酒胡闹或干出陷害别人的勾当，一般都适可而止。

　　劳伦斯·卡斯丹有一部影片叫《重逢时刻》，里面有个同学会，六十年代的小子[①]相隔十几年重逢时爱憎参半，闹

[①] 原文为英语"Kids"。

得天翻地覆。我想若以同样情节来表现阪神间出身者，电影恐怕就不至于闹成那个样子。

"多年不见了，现在做什么呢？"

"写小说。"

"写小说也够累的吧？"

"不轻松。"

"那，注意身体！"

如此这般，电影场景想必悠然自得。若由大森一树①重拍《重逢时刻》，说不定与此也相去不远。

前些天在东京碰见一个许久没见的回过芦屋的朋友，听到了阪神间的种种消息。

"最近我老母亲在报纸登了一则招家务工广告，有二十五六个人报名，借芦屋的市民会馆面试。"他说。借市民会馆面试家务工，说规模大也好场面壮观也好，总之十分了得。

"老母亲说一个人面试太辛苦，我也跟着去了。毕竟二

_____

① 日本导演，村上春树的初中下一届同学。曾将《且听风吟》拍摄成电影。

十多个人，光说话都累得够呛。"

　　他告诉我，在二十多人里，有人聪明漂亮得叫人难以置信会干家务工，挑选一个人出来费了好一番神思。我也想在芦屋的市民会馆搞一次家务工面试，水丸君大概也有此意。

国分寺、下高井户关联①之谜

总的来说我这人入睡快，拉上被子的下一瞬间就如石头一般沉沉睡去。睡得快、睡得好、哪里都能睡是我睡眠的三大特征。入睡慢的人看了我这样子可能相当不快。

见到比自己入睡快的人——见到的机会实在少而又少——我也以为这家伙大约是傻瓜蛋。日前妻弟来家里玩时一起喝酒，喝到十一点，说一声"睡吧"撤回各自房间，关门时突然想起东西忘在客房，折回一看，妻弟已睡得死死的，打起了鼾声。前后也就十来秒。我便是睡得再快也得二十秒。

我惊愕地跟老婆说"那小子脑壳里是不是空空如也没脑浆啊？"老婆抢白道"你还不是半斤八两！"的确，过度健康的人在别人眼里确实像傻瓜。

不过我并非始终一贯入睡快，年轻时候有段时期甚至直到天亮都没合眼。如此像魔术一般立即酣睡是开始写小说以后的事。说不定我的体质原本适合写东西，或者是所写小说缺乏深刻内省精神之故亦未可知。

话虽这么说，可我当然也有一定程度的精神压力。多固然不特别多，并非一点儿没有。必须处理的事项堆积如山，有的人又不容易沟通，走路时车多信号多叫人心焦意躁。不过在我这里，精神压力与睡眠似乎完全各行其道。总之，感觉上"这个是这个那个是那个"。女孩子在六十年代常说（现在不说了？）"我当然喜欢你，但想一直这样当好朋友"①——反正我的睡眠便是这样同我的精神压力明确划出一条线，所以我才能睡得香香甜甜。

我的睡眠类似满满装着黏稠果汁的暖融融柔乎乎的硕果。钻进被窝以"那么我吃啦"的感觉闭上眼睛，"吱溜溜"吮吸睡眠果汁，完全吸尽便睁眼醒来。说法或许莫名其妙，但我确实是这样感觉的，只好这样表达。事关睡眠，我

---

① 原文为英语"connection"。

还是比较认真的。梦几乎不做，做了也只能勉强记得若干连不起来的片断。

不料搬来东京后，这几个月做的梦开始比以前多少清晰些了。从乡下来到久违的闹市，心情到底有些亢奋。很快又将搬去乡下，那样又做不成什么梦了，所以把最近所做的三个梦记录如下：

① "多眼猫"，12 月 22 日

我把一只毛茸茸胖墩墩的好看的猫放在膝头抚摸。无论我还是猫都感到十二分幸福。但摸着摸着，指尖突然触在圆鼓鼓的东西上面。什么呢？扒开毛一看，原来是眼睛。眼睛？细看猫的全身，一个两个又一个，身上全是眼睛。一共怕有三四十个……F·O①。

（注：前一天的晚餐吃的是竹荚鱼干和汤豆腐，应该和梦无关。）

② "国分寺、下高井户"，1 月 8 日

乘电车去国分寺，但窗外景致总好像不对头，怪事！下车一

_____

① fade out 之略。（影像）淡出，渐隐。

梦中见到的下高井户是个幽静的好地方

看，是下高井户……如此而已。我没去过下高井户，梦中见到的下高井户是个幽静的好地方。

（注：前一天在青山一丁目的 "RU CONT" 吃了好久没吃的冰淇淋，这个我想也和梦没多大关系。）

③ "自行车轮胎骚动"，1 月 14 日

正骑着自行车跑，发觉前轮胎后轮胎都几乎没充气，心里暗暗叫苦。正好自行车店就在眼前，借来气筒拼命打气。不料打了前面的，后面的气跑光，打了后面的，前面的气跑光，一筹莫

展……F·O。

（注：前一天在银座看了劳贝尔·布雷逊的《温柔女郎》，看罢在"美美卯"吃了"厚盛荞"荞麦面条。）

这么着，一个月里竟做了三场清晰的梦。对于平素不怎么做梦的人，做清晰的梦让人相当疲劳。我可不愿意同那劳什子打交道，只想迷迷糊糊"吱溜溜"吮吸睡眠果汁。

可是也怪，为什么下高井户突然出现了呢？全然不着边际。

附言：实际上离开东京后再也不做梦了。最后一场梦是梦见我家的猫同长相酷似卡拉扬的乌鸦打架。想劝架来着，但乌鸦面目狰狞，吓得我没敢劝。自那以来一次梦也没做。

废品①时代

日前有个机会同刚来日本的二十二岁美国青年欧文边吃边聊，即所谓"横饭"②。我英语口语不太拿手（其实日语口语也很难说有多拿手），老实说"横饭"吃得我够辛苦的。尽管如此，同外国人交谈起来，还是有一两点叫人莫名其妙地心悦诚服。

这倒不是说外国人比日本人脑袋好使或感觉出色什么的，而是由于外国人和日本人的表达方式互相有些错位。即便说同一件事，也会仅仅由于表达方式和视角错位了一点点，就让人觉得甚至内容都很新鲜，不由点头称是。

欧文是个相当认真的年轻人，在日本一边教英语口语一边自己一点点学日语。因为他是看日本电视记日语单词的，所以我问他"你认为日本电视节目怎么样"。他想了想，以一本正经的神情回答说："这个么，作为笑话看蛮有意思的吧。"

那时我也认为言之有理，一笑了之，可是后来渐渐觉得"作为笑话看蛮有意思"这一说法并不局限于电视节目，广而言之恐怕也适用于世间一般状况。话语内容本身并非多么振聋发聩，多么让人耳目一新，可偏偏能让人点头称是，而这恰恰是一种奇异的说服力。

自那以来每当有拿起报纸的机会，我都自然而然地注意看五花八门的事件、状况以及名人的笑话侧面。以这一视角环视四周光景，感觉上如今世上吵吵嚷嚷的事物大约有百分之六十五可以整个纳入"作为笑话看蛮有意思"的领域。

当然我无意说"作为笑话看蛮有意思"的事物统统是笑话。正如那位卡尔·马克思所指出的，既有以严肃开始而以笑话告终那类事物，又有尽管对当事者来说极其严肃而对别人来说纯属笑话那样的东西。把从严肃的深井里打出的清洌的冷水倒入滑稽的杯子里的例子也是有的。

---

① 原文为英语"junk"。
② 指同外国人吃饭。

举出具体例子难免刺激别人——话虽这么说，可还是非举不可——即使承认埃塞俄比亚饥荒的严重性，《我们是世界》（We Are The World）这首歌作为歌在我耳中听起来仍然像是拙劣的笑话。再比如杀人事件，任何种类的杀人事件在原理上都是严重的，然而时至如今几乎没有人不把关于三浦和义的那番折腾视为笑话。

体育本身可能也是严肃的，可如今在某种意义上纵然把日本的职业棒球称之为社会性笑话，恐怕也是只能接受的。

美食本身固然是好事，然而时下的美食导游热同样应当视为一种笑话。至于时装商店经营的高级（或俨然高级的）餐馆之类，大多数恐怕已只能称为笑话的纯粹而华丽的结晶。

凡此种种，世界上充满了无数形状各异大小不一的匪夷所思的事物，与其说我们是在——研究其本来的形成过程——也根本不具有那么多脑袋——莫如说是在以"作为笑话蛮有意思"的心情看待差不多所有的事物。这样是好是坏我不清楚，不过除此之外大概也没有在这个"废品时代"有效活命的手段。就是说，我们实际上只能就自己感兴趣的事情以自身力量尽可能深挖下去，而把除此之外的废品作为当作笑话纵身跃过。

我是觉得往后几年时间里，我们情愿也罢不情愿也罢，都只能以这样的方式求生。具体说来，势必是水平选择上取其轻而垂直选择上取其重。但不管怎样，二十世纪六十年代已经迅速地远离了我们。

春树同盟

　　近来见到一位编辑，交谈当中告诉我他在中野区内见到一张上面仅有"求觅春树"字样和电话号码的奇妙的海报。

　　"什么呀，那是?"

　　"什么呢……"他也歪头沉思，"总之大概是说正在找春树，有意者请来电话……闹不明白，这个。"

　　"不会是找狗吧?"

　　"不会。找狗应该写明狗的品种和特征什么的。恐怕还是作为人的春树吧。"

　　"那么，是特定的春树还是非特定的春树呢?"

　　"这——，不晓得啊! 这样吧，下次见到时我把电话号码记下，由你直接联系如何? 没准有什么美事。"

　　"美事? 比如说?"

"啊，那就无从想象喽。"

交谈到此为止，再没见他，他也没告知电话号码。因此不用说，中野区到底是何人出于何种目的求觅"春树"也依旧是谜。

最容易的推测是：中野区有个光听到"春树"这个名字体芯就会溶化的性欲异常旺盛的美女，一夜又一夜求找"春树"……不过名字与性欲是否真有这么牢固的联系，我一下子还很难断定。

另一个较理想的推测是：一个有钱的老妇人要把一笔巨大的财产留给与她战死的儿子同名的男士。但现实中不大可能。因我觉得除去阿加莎·克里斯蒂的小说世界，有钱的老妇人不会有此古怪举措。相比之下，还是有人像库特·冯内古特①的《打闹剧》（Slapstick）那样寻求"春树"大家庭这种可能性大些。就是说希望全国所有的春树君欢聚一堂喝啤酒唱歌玩宾戈②以加深友谊。问题是这样的聚会能有多大乐趣呢？我是不大明白。或快乐得无与伦比，或无聊得无以复加，二者必居其一。

　　或者——想象力急剧膨胀——同重大犯罪案件有关亦未可知。住在中野区的罪犯读了柯南道尔的《红发同盟》③，从而想出"春树同盟"也有可能。其目的在于将中野区内的春树们招集在一起让他们抄写百科全书，而犯罪分子在同一时间里挖地洞抢劫银行。作案一方姑且不说，但中野区内几十个"春树"聚在一起抄写百科全书的情景可谓其乐融融，着实不坏。这种场合若有前面所说的性欲异常旺盛的美女闯

---

① 美国小说家（1922— ）。
② 一种室内赌博性数字游戏，又称"排五点"。
③ 一般译作《红发会》。内容为犯罪分子托言成立"红发会"（红头发者的互助组织），将一住在银行附近的红头发者骗出家去抄百科全书，而犯罪分子则在其家中挖地洞抢劫银行。

入，笃定好一场恶战。如此思来想去，这中野区渐渐成了无政府状态。

言归正传。若有哪位知晓"求觅春树"的真相，务请通报《周刊朝日》一声。若有美事一定同享——如果可以分享的话。

再接着说一桩"不无离奇的事"。前不久过了情人节的第二天早上，千驮谷鸠森神社附近路上有好几块和平鸽形大巧克力被踩得面目全非，情景相当凄惨。

"这种勾当是男方干的，还是女方干的?"老婆问我。我也无由得知。若是男的干的未免令人心痛，而若是女的干的实在怵目惊心……莫非是偏见不成?

当然以下可能性也是有的:

① 某插图画家为表示对妻子的不二忠心而将女孩送的所有巧克力全部踩毁;

② 分割巧克力已作为一种仪式固定下来，一如分镜糕①。

---

① 日本佛教真宗在新年举行的分食镜糕（一种供神的年糕）的仪式。

就是说，女孩向男孩赠送巧克力，爱情若因此达成，当晚即在神社附近将巧克力踩得稀巴烂。之后作为"另类情人节"而在八月十四日由男方向女方赠送西瓜。倘若有这一系列附加活动就有趣了。

或者以下假说也可能成立：

③ 想把巧克力交给恋人的女性走路时前有狮子后有豹一齐扑来；

④ 以为是巧克力大口一咬，却是咖喱乳酪。

如此想入非非之间，一天转眼过去了。

附言："求觅春树"的真相依旧是谜，但愿别发生糟糕事。

长跑选手的啤酒

春天一天天临近，心里不由痒痒地想来一次长跑，于是前几天参加了"明日香①女儿节②古典马拉松"。出发地点在明日香村的石舞台前面，一边眼望鬼爼、飞鸟寺和高松冢一边跑四十二公里——路线似乎非常好玩。天气好，暖和，歪在石舞台旁边看菲力浦·罗斯③《解剖学讲义》等待起跑令的时间里，心情悠然舒缓开来。春天了！

参加全程马拉松赛这次是第三次。上次是一九八三年在火奴鲁鲁，因此是时隔两年半跑四十二公里。火奴鲁鲁前一年在雅典跑过，同样跑的全程。此外还不时抽空儿参加十公里、二十公里赛事。但跑完火奴鲁鲁后多少另有想法，一段时间里就没参加比赛，而打算一个人随便跑跑。

无论跑多少次全程赛，我也是个用时不少于三个半钟头的"极为一般"的业余选手，因此夸不了、也不想夸什么海口。若让我贸然谈一点个人感想，我觉得冠以某某名称的市民马拉松赛基本上一年比一年规模庞大，某种东西未免渲染过头了。日本的电视台上蹿下跳（这个说法恰如其分）的火奴鲁鲁马拉松赛即使作为特例不论，单说一般比赛多余之物也实在太多了：又是节目表演，又是发纪念 T 恤，又有统一着装的某某"跑友会"举着小旗一路加入，又要颁发郑重其事的"全程跑完证书"，又要举行又臭又长的开幕式闭幕式……当然，若说是一种游戏倒也罢了，不过作为我是觉得有些无聊——但其细节同文学奖颁奖晚会也颇为相似——故决定暂时不参加比赛。

以往的马拉松赛中印象最深的是在美国华盛顿 DC④ 跑的不知名的十公里赛。这十公里赛只要星期六早上去波托马克河畔的指定地点，谁都可以当场参加，容易得很。当然没有权威，什么也没有。参加者一般五六十人，年龄参差不

---

① 位于日本奈良县奈良盆地南端。
② 日本的传统节日。三月三日。
③ 美国小说家（1933— ）。
④ District Columbia 之略，哥伦比亚地区（华盛顿所在的行政区域）。

齐，穿着各随其便，三三五五汇聚而来。接待台那里坐一个
女孩，向她交出两美元参赛费（记得是两美元，大约），女孩
告诉你"好咧，那里橙汁随便喝，那边面包尽管吃"，作为
交费标记"啪"一声盖个印章，在笔记本上写下住址姓名。
号码布啦徽章啦一概没有。"快开始啦，预备……跑"——
跑完十公里就算完事。跑到头时有人告诉你花了几分几秒。
我们"咕嘟嘟"喝橙汁啃面包，同较劲儿较到最后的老伯握手告别。

当然不是说火奴鲁鲁和青梅①就不行。火奴鲁鲁自有火奴鲁鲁的乐趣。如果可能，青梅也想跑上一遭。但作为我还是认为在华盛顿 DC 跑的那种简单而 no frill（无饰物）的马拉松才是业余选手赛的基本，我们不应忘记这个出发点。至少完全没有在日本各地一齐举办小型火奴鲁鲁马拉松赛的必要。只要有像样的路线、准确的钟表、及时的供水和主办者的热情关照，就足以办成很像样的赛事。

话说回来，这"明日香马拉松"实际跑起来，路程却不符其名，叫人相当吃力。在飞鸟②走过的人想必知道，这一带上坡下岭多得要命，翻过一座山冈紧接着又是一座，最高的地方到最低的地方相差几百米。若以平日在平地跑时的感觉跑下去，后半程就会双腿发抖。我本来算是不很在乎跑坡路的，但由于近来跑的全是神宫外苑、湘南自行车道等平坦路线，以致上下坡跑不惯了，跑过三十五公里看见还有坡，

---

① 青梅马拉松赛跑。日本市民的马拉松赛跑，1967 年开始举行，出发地点在东京都青梅市。
② 日本的地区名，位于奈良县奈良盆地南部。

顿觉脑袋发晕，最终上坡时只好改为行走，遗憾之至。往后要好好在越野赛中锻炼一下，如果可能，很想重新挑战这条路线。

不过，记录另当别论，跑完四十二公里"咕嘟嘟"一饮而尽的啤酒的滋味，的确应该以"无上幸福"来形容。我还想不出能有什么滋味比这个更美。所以每次跑到最后五公里的时候我都小声念叨"啤酒啤酒"以鼓励自己。为喝上这沁人心脾的美味啤酒不得不跑四十二公里，有时既觉得条件有些苛刻，又觉得实在占个大便宜。

好了，持续一年的这个连载专栏本期是最后一期，往下要休息一段时间了。谢谢诸位热心——内容倒不足以让诸位热心——读到现在。但愿和安西水丸另有在杂志上见面的机会。

附言：菲力普·罗斯的小说近来让我觉得绝对妙趣横生。有如此感觉的难道仅我一个？好像没听到很高的评价。

图书在版编目（CIP）数据

村上朝日堂的卷土重来 /（日）村上春树 安西水丸著；林少华译.
—上海：上海译文出版社，2010.12（2018.9重印）
ISBN 978-7-5327-5225-6

Ⅰ.①村… Ⅱ.①村… ②安… ③林… Ⅲ.①随笔—作品集—
日本—现代 Ⅳ.①I313.65

中国版本图书馆 CIP 数据核字（2010）第 217963 号

MURAKAMI ASAHIDO NO GYAKUSHU
by Haruki Murakami
Copyright © 1986 Haruki Murakami
All rights reserved.
Originally published in Japan by ASAHI SHIMBUN PUBLISHING
COMPANY, Tokyo.
Chinese (in simplified character only) translation rights arranged with
Haruki Murakami, Japan
through THE SAKAI AGENCY and BARDON-CHINESE MEDIA AGENCY.
Illustrations Copyright © 1986 Mizumaru Anzai

图字：09-2003-318号

村上朝日堂的卷土重来
〔日〕村上春树 安西水丸 著 林少华 译
责任编辑 / 沈维藩 装帧设计 / 张志全

上海译文出版社有限公司出版、发行
网址：www.yiwen.com.cn
200001 上海福建中路 193 号 www.ewen.co
杭州恒力通印务有限公司印刷

开本 787×1092 1/32 印张 7.5 插页 5 字数 68,000
2010 年 12 月第 1 版 2018 年 9 月第 3 次印刷
印数：11,201—14,200 册

ISBN 978-7-5327-5225-6/I · 2991
定价：25.00 元